光文社文庫

長編時代小説

定廻り殺し
徒目付勘兵衛

鈴木英治

光　文　社

目次

主な登場人物

久岡勘兵衛――古谷家の次男で部屋住みだったが、親友・久岡蔵之介の不慮の死によって久岡家に婿入りし、家業である書院番を継ぐ。その後、飯沼麟蔵に引き抜かれ徒目付となる

美音――勘兵衛の妻。蔵之介の妹

山内修馬――勘兵衛の同僚で歳も同じ徒目付

飯沼麟蔵――腕利きの徒目付頭。勘兵衛の腹違いの兄・古谷善右衛門の友人

稲葉七十郎――南町奉行所定町廻り同心。勘兵衛より三歳下

清吉――七十郎の中間

早苗――美音の従妹。修馬と見合いをした。柔の達人

多喜――古谷家の女中頭。今は久岡家で働く

徒目付勘兵衛　定廻り殺し

第一章

一

陽射《ひざ》しが春めいてきた。

風もあたたかくなってきているなあ。

山内修馬《やまうちしゅうま》は思ったが、今の気分がそう感じさせているにすぎないのかもしれない。

「なにを考えていらっしゃるのですか」

慎《つつ》ましやかに両手を膝《ひざ》の上にそろえて、早苗《さなえ》がきく。

修馬は湯飲みを持ちあげた。

「いい天気だなあ、と思いまして。――早苗どの、おかわりをもらいましょうか」

修馬は看板娘を呼び、甘酒と茶を頼んだ。

娘が、またですか、と驚いた顔をする。修馬は茶は三杯目だが、早苗の甘酒はもう七杯目くらいなのだ。

はじめての逢《あ》い引《び》きのとき、十四枚のざる蕎麦《そば》をたいらげた女だ。甘酒ならいったい何杯飲めるものか。

「安由美《あゆみ》さんももらうか」

修馬は、早苗の供についてきている娘に声をかけた。

はじめての逢い引きの際、早苗は供がいてはつまらないから、と安由美を撒《ま》いたそうだが、そのことを二親に強く叱《しか》られ、今回はさすがにそんな真似《まね》はしなかった。

「私はもうけっこうです」

目が細くて垂れているが、それが愛嬌《あいきょう》になり、ときに表情が美しく見える。

「おなか一杯ですか」

早苗が案じ顔できく。

「お嬢さま、甘酒というのは一、二杯いただけば十分なんです。お嬢さまのように七杯も八杯も飲むようなものではございません」

「厠《かわや》は大丈夫ですか」

「お嬢さま、殿方の前でそのようなこと、おっしゃらないでください」

「本当に大丈夫なの。あなた、子供の頃、よくお漏《も》らししたから」

「お嬢さまっ」

安由美が目を険しくする。

「そんなに怒らなくたって」

「怒ります。お嬢さまこそ、大丈夫ですか」

「私は大丈夫です」

甘酒のおかわりがきた。

早苗は器を手にし、そっと口をつけた。その仕草がたおやかでとても美しい。

いや、ほかの男にとっても同じようだ。茶店の看板娘を目当てに来たらしい男たちも、早苗に心を奪われている様子だ。修馬は早苗を誇りに感じた。

「お嬢さまは、本当においしそうに飲まれますね」

「だって、本当においしいんですもの」

「お嬢さま、この世におきらいな物、ありましたっけ」

「ありませぬ」

早苗が断言する。

「早苗どのは、なにが一番好きなんですか」

「白いご飯です」

「それは江戸の者としてなによりですね」

地方では五分づきの米がふつうらしいが、江戸では白米が当たり前だ。

「なんといっても、梅干しや納豆《なっとう》、たくあん、漬物、味噌汁《みそしる》などと一緒に食べると、ほんと、おいしいですもの。私は何杯もいけます」

これは文字通りに取るべきなんだろうな、と修馬は思った。

「父上や母上は、そのことについてなにもおっしゃらぬのですか」

「たくさん食べることをですか」

早苗が首をひねる。

「別にいわれたことはありません。子供の頃からずっとですから」

「子供の頃から……」

早苗が一食につき何杯食べるかわからないが、相当のものであるのは確かだ。しかし妻にしたとして、養えないほどではあるまい。

「山内さま」

安由美が声をかけてきた。

「お嬢さまのことがきらいになったのではありませんか」

「まさか」

修馬は笑って否定した。

「今すぐにでも妻にしたい」

思いきっていって、早苗の顔色をうかがった。胸がどきどきしている。

しかし早苗はきいていなかったようだ。顔をあげ、茶店のまわりに目を走らせている。

「お嬢さま、どうかされましたか」

えっ。早苗が安由美に目を向ける。

「心ここにあらず、という風情《ふぜい》でいらっしゃいますけど」

「なんでもありませぬ」

修馬は、早苗が人目を気にしていたように見えた。

護国寺《ごこくじ》近くにあるこの茶店のまわりには、たくさんの人が行きかっている。護国寺見物に来たような勤番《きんばん》らしい侍、商談にやってきたらしい商人、小間物屋や笊《ざる》売《う》り、もぐさ売り、蔬菜《そさい》売りなどの行商人だ。

「お知り合いでもいらっしゃいましたか」

「いえ」

「では、なにか気になることでも」

早苗が微笑する。

「本当になんでもありませぬ」

「それならよいのですが」

修馬の目は、前を通りかかった行商人に引きつけられた。

「直八《なおはち》ではないか」

「あっ、山内さま」

ちょっと失礼します、と早苗たちに断ってから修馬は立ちあがり、直八に近づいた。

「商売の最中か」

直八は天秤棒《てんびんぼう》を担いでいる。両側につるされたざるにはせんべいが入っていた。

「おいしいですよ。いかがですか」

明るい声でいったが、修馬の知っている直八の感じではないように思えた。

どうかしたのか、と修馬は問おうとしたが、その前に、直八の目が修馬の背後に向けられた。

「修馬さま、お買いになるのですか」

修馬は振り向き、食い入るようにせんべいを見つめている早苗を見た。

「直八、こっちのざるに入っているせんべい、すべてくれ」

「ええっ、本当ですかい」

「ああ。それにおまえ、なにか元気がないように思えるんでな、景気づけだ」

「そういうふうに見えますかい」

「うん、どこか陰がある感じがする」

直八がうつむきそうになる。

「なにかあったのか」

「いえ、なにもありませんよ」

さっきの早苗と同じような答えを返して、直八が上目づかいに見る。

「山内さまは今、なにをされているんですかい」

「仕事のことか。お城に奉公に出ている。徒目付《かちめつけ》だ」

「御徒目付。そうだったんですか」

そうか、直八は知らないのか、と修馬は思った。この男にもずいぶん会っていなかった。

「兄上が亡くなってな。出仕をはじめてから、まださほどたっておらぬ」

「そうだったんですか……」

直八が早苗を見る。

「そちらのお方は」

「この前、見合いをした人だ」

「きれいな人ですねえ。うらやましい」

「直八、はやく包んでくれ。そのきれいな人がまだか、という顔で見ているぞ」

直八が笑いながら、紙袋に入れはじめた。一枚の紙袋にはおさまりきらず、結局四枚の紙袋にせんべいをつめることになった。

「直八、本当にうまいんだろうな」

「もちろんですよ。すぐに売り切れちまって、なかなか買えないって評判なんですから」

「へえ、そうなのか」

修馬は代を支払った。

「山内さま、では、これにて失礼します。どうもありがとうございました」

「直八、小日向松枝町《こひなたまつがえちょう》には行っているのか」

「ええ、ときおり。子供たちに会うのは楽しみですから」

「そうか。おまえが顔を見せると、子供たちが喜ぶだろう。これからも繁《しげ》く行ってやってくれ」

「承知いたしました」

一礼して、直八が去ってゆく。

修馬はせんべいがあふれんばかりになっている四つの紙袋を手に、縁台《えんだい》に戻った。

「直八さんといわれるんですね。小日向松枝町とおっしゃっていましたが」

「前にお話ししていませんでしたか。直八は三年ばかり、その家に世話になっていたんです」

「ああ、そうなのですか。みなしごや、わけあって親に捨てられた子供たちを養っている家があるんです。直八さんはいくつなのですか」

「十八でしょう。三年ほど前にその家を出、ああやって仕事をしています」

「たいへんですね」

早苗が紙袋に目を当てた。

「召しあがりますか」

「ええ、是非」

「お茶をもらいましょう」

修馬は三つの茶を注文し、ここでせんべいを食べてもいいか、看板娘にたずねた。どうぞ、ご遠慮なく召しあがってください、と娘はいってくれた。

かたく焼きあげられていて歯応《はごた》えは十分で、醬油《しょうゆ》に秘訣《ひけつ》があるのか、旨《うま》みが感じられる。しょっぱくなく、米の味がはっきりとわかるようにしあげられている。

「うまい」

修馬は感嘆の声をあげた。

「本当ですね。直八さんのいっていた、なかなか買えないっていうのは真実でしょう」

確かに、これなら評判になってもおかしくない。

早苗はばりばりと音を立てて食べている。狼《おおかみ》が獣を骨ごと嚙《か》み砕いているかのようだ。それにしては、早苗は美しすぎるが。

際限なくせんべいを胃の腑《ふ》におさめ入れてゆく女あるじを、安由美があきれて見ている。

「このおせんべい、直八さんが焼いているんでしょうか」

新たな紙袋に手をのばし、早苗がきく。

「どうでしょう。今度会ったとき、きいてみますよ」

やがて日が暮れはじめ、修馬たちは長居をした茶店をあとにした。茶店の代は、これまで修馬が支払ったことのない額に達した。

夜の気配が徐々に濃くなってゆくにつれ、風が強くなってゆく。風は昼間にはなかった冷たさをはらんでいる。

「修馬さま、走りませんか」

早苗がささやきかけてきた。

「どうしてですか」

「いいから」

修馬の手を取って、早苗が駆けだした。手を取られたことに修馬はぼうっとし、なにも考えずに走った。

うしろから安由美の悲鳴のような声がした。

「待ってください」

「修馬さま、とまってはなりませんよ」

早苗の足ははやさを増した。修馬はついてゆくのが精一杯だった。

番町《ばんちょう》に戻ったときには、夜が江戸の町を完全に支配していた。

「ああ、疲れた」

屋敷の前で、早苗はようやく修馬の手を放した。

「でも、とてもおもしろかった」

きらきらした目で修馬を見た。安由美の姿はまだ見えない。

「どうしてこんなことを」

「せっかくの逢い引きですから、せめて最後は二人きりになりたかったんです」

その言葉に、修馬は胸がきゅんとした。すばやく両側を見まわし、人けがないのを見て取った。

手をのばし、早苗を引き寄せる。

早苗は逆らわない。修馬は顔を寄せ、早苗の口を吸おうとした。

「あっ」

体が宙に浮き、目の前の景色がくるりとまわった。すぐに腰に痛みがやってきた。

早苗がにっこり笑って、顔をのぞきこんでくる。

「修馬さま、前にも申しましたけれど、おいたはいけません」

二

眠りが浅くなった。

久岡勘兵衛《ひさおかかんべえ》は目をあけた。

自然に見ることができるようになった天井が目に入る。

久岡家に婿入りするまで勘兵衛は、古谷《ふるや》家の部屋《へや》住《ず》みだった。見慣れた天井は、陽のほとんど射さない六畳間のものでしかなかった。

本来ならこの部屋は、久岡家の跡取りで、勘兵衛の最も親しい友だった蔵之介《くらのすけ》が起居するはずだった。

しかし蔵之介は殺され、勘兵衛は蔵之介の妹である美音《みね》の夫になったのだ。

部屋住みがいきなり千二百石《こく》の当主の座につき、美音という美しい伴侶を得ることもできたのだから素直にありがたく受け入れるべきだろうが、勘兵衛の心の片隅には蔵之介に対し、今も申しわけないという気持ちがある。

自分だけがこうして生き、幸せな暮らしを営んでいることに引け目がある。そんなふうに思うことを蔵之介は喜ばないだろうが、この思いが鑿《のみ》で刻まれたかのように一生消えることがないのはわかっている。

「あなたさま」

美音が呼びかけてきた。

「なにをお考えになっているのです」

勘兵衛は横を向き、妻を見た。女の子を一人産んだが、容色に衰えはない。母としての自信か、体全体が輝きを増しているように見える。

「なんだと思う」

美音がにっこりと笑う。

「当ててご覧に入れましょうか。兄上のことでしょう」

勘兵衛は上体を起こした。

「よくわかるな」

「それはもう」

美音も起きあがった。

「兄上のことをお考えになっているとき、ふだん滅多に見せることのない切なそうな顔をされていますから」

勘兵衛は下を向いた。

「会いたいと心から思う」

いったら涙が出そうになった。

「どうして死んでしまったのかとも思う」

「私も会いたくてたまらなくなるときがあります」

「いい男だった……」

二人のあいだに沈黙がおりる。

「おなかは空《す》きませんか」

「ああ、空いたな」

美音が立ちあがり、身繕《みづくろ》いする。隣の間に通ずる襖《ふすま》をあけ、そこで寝ている愛娘《まなむすめ》の史奈《ふみな》の様子を見ている。

勘兵衛も気になり、娘の顔をのぞきこんだ。

ぐっすりと寝ている。もうだいぶ明るくなってきているが、目を覚ましそうな気配はない。もともと子供は寝るのが商売みたいなものだ。

桃色の頰《ほお》が美音にそっくりだ。つついて、ぷにょぷにょしているのを感じたいが、それで起こすのもかわいそうだ。

史奈を見ていると、いとおしさだけが募《つの》ってくる。この子だけはなにがあろうとも、きっと守るという気持ちになる。じっと顔を見ているだけでも幸せな気分になれる。

美音の眼差しを覚えた。

「朝餉《あさげ》にいたしましょう」

女中の一人に史奈のことをよく見ていてくれるよう、美音が頼む。

二人して台所のそばの間に入った。さすがに冷えているが、大火鉢が勢いよく炭を弾《はじ》いている。穏やかなあたたかみに、部屋は満たされつつあった。

「おはようございます」

台所から、女中頭のお多喜《たき》が挨拶《あいさつ》する。

「おはよう」

おはようございます、と美音がいつものようにていねいに返す。

「勘兵衛さま、よくお眠りになったようですね」

お多喜が笑顔でいう。

「わかるか」

「ええ、その大きなおつむが照り輝いていますから。その血色のよさは熟睡できた証《あかし》でございましょう」

勘兵衛は頭に手を当てた。自分でも大きさはわかる。人の倍まではいかないだろうが、人目を惹《ひ》くほどであるのはまちがいない。

同僚の山内修馬にいわせれば、見世物小屋で十分商売になるとのことだが、それは本当かもしれない。

「お多喜、今日はなにを食べさせてくれるんだ」

「いつもと同じでございます」

お多喜がまぶしそうに勘兵衛たちを見た。

「今朝もご一緒に食べられるのですね。うらやましゅうございます」

他家ではどうしているか、勘兵衛は知らない。お多喜がこういうくらいだから、ともに食べる夫婦はそんなにいないのかもしれない。

だが、夫婦だからこそ一緒に食べたいではないか、と勘兵衛は思うのだ。

お多喜が膳《ぜん》を運んできた。主菜は干し椎茸《しいたけ》の煮つけたものだ。それに納豆、たくあん、梅干し、大根の味噌汁。

あとはほかほかと湯気をあげている飯。炊き立てのにおいが食い気をそそる。

「相変わらずうまそうだな」

勘兵衛は頬をゆるませた。

「本当に」

「では、いただこうか」

勘兵衛は納豆にねぎと辛子《からし》をのせ、箸《はし》でかきまぜた。醤油を垂らす。それをたっぷりと飯の上にのせる。

唾《つば》がわき、豪快にがっつく。納豆はこうして食べたほうがうまい。

大根の味噌汁をすする。大根のだしが出ていて、味噌が甘く感じられる。

厚い干し椎茸は甘辛く煮つけてあり、飯と実によく合う。勘兵衛は嚙むとすぽりと切れてしまうこの椎茸一枚で、飯をおかわりできた。

すっかり満足して箸を置いた。

「さすがお多喜だ」

まだ食べている最中の美音が茶を注《つ》いでくれた。

「でも旦那《だんな》さま」

横で給仕をしてくれたお多喜が呼びかける。

「椎茸の煮つけは奥さまが昨夜、おつくりになったのですよ」

「えっ、そうなのか」

「はい」

美音が小さくうなずく。

「腕をあげたな。お多喜のものだと思って食べたよ」

美音がうれしそうにほほえむ。その笑顔を見て、勘兵衛も心がなごんだ。

「あなたさま、今日はこれからなにをなさるのですか」

「久しぶりの非番だからな。なにをしようか、正直、迷っている」

「山内さまは、早苗さんと会うとのことでしたね」

「逢い引きだそうだ」

「あの二人、うまくいきそうですか」

「修馬のやつが早苗どのの機嫌を損ねるような真似をしなければ」

「そのような真似を、山内さまはなさるのですか」

最初の逢い引きの際、早苗得意の柔《やわら》で投げられたことを、美音にいう必要はないだろう。

「いや、大丈夫だ。あの二人は気が合っている」

「近いうちに祝言《しゅうげん》ということになりましょうか」

「そうなることを祈りたいが、まだはっきり決まったわけではないからな。男と女のことだけに、どうなるかは天だけが知っている、というところか」

「うまくいってほしいですね」

「俺もそう思う。せっかくお美枝《みえ》どのの一件が落着したんだ。これで、心置きなく妻を迎えられると思うのだが」

仲人《なこうど》は、上役である飯沼麟蔵《いいぬまりんぞう》がやることになるはずだ。

勘兵衛は茶を喫した。

「こんなにのんびりできる日は次いつやってくるかわからぬからな、今日は一日、屋敷でくつろぐことにする」

「よろしいのですか。本当は剣を振りたくてならぬのではありませぬか」

「たまにはよかろう。道場も左源太《さげんた》も逃げていきはせぬ」

左源太というのは勘兵衛の幼なじみで、今も部屋住みの身だ。

勘兵衛は、にこにこと二人のやりとりを見守っているお多喜に顔を向けた。

「お多喜、酒はあるか」

「えっ、ございますけど、こんなにはやく飲まれるのですか」

「そうだ。お多喜もつき合え」

「えっ、でも——」

「かまわぬ。次がいつになるか、本当にわからぬからな、お多喜の酔っ払ったところも見てみたい」

「私は酔っ払いはしませんよ」

「もともと樽《たる》だからな、入る一方か」

お多喜が目を三角にする。

「誰が樽ですか」

「いや、すまぬ。失言だった。忘れてくれ」

お多喜はすぐに機嫌を直し、熱燗《あつかん》を持ってきてくれた。

美音の酌《しゃく》で、勘兵衛はさっそく酒をすすった。大火鉢のあたたかさのなか、熱燗のうまさがじんわりと体にしみ渡ってゆく。

「朝から飲む酒は最高だな」

心の底からいった。

美音も酒はいけないほうではない。少しだけ飲んだ。

お多喜はまだ屋敷の仕事がいくらでもあるはずなのに、まったく遠慮を見せない。もともと酒には強いのだ。

「勘兵衛さま、ここしばらく事件らしい事件は起きていないのですね」

お多喜にきかれた。

「まあ、そういうことだ」

「最近は、町のほうでもひどい事件というのは耳に入ってまいりませんね」

お多喜が杯《さかずき》をがぶりとやった。勘兵衛は酒を注いだ。

「このお屋敷にもいろいろな人が出入りしていますけど、妙な事件の噂《うわさ》をききません。こういうのは珍しいと思います」

そうかもしれない。もともと江戸は平和な町だが、凶悪な事件が起きない町では決してないのだ。

そういえば、七十郎《しちじゅうろう》とは久しく会っていない。

稲葉《いなば》七十郎は南町《みなみまち》奉行所《ぶぎょうしょ》の定町廻《じょうまちまわ》り同心だ。徒目付に会いに来ないというのはなにも事件が起きていない証だろうが、今、なにをしているのだろう。

また酒を酌《く》みかわしたかった。

三

稲葉七十郎はのんびりと歩を進めた。

自身番《じしんばん》に、異常ないか、と声をかけてゆく。自身番からは、はーい、とか、へーい、とか声が返ってくる。

それを耳にして、七十郎はひたすら歩み続ける。

「旦那、こんなになにも起きないというのも久しぶりじゃないですかね」

うしろから中間《ちゆうげん》の清吉《せいきち》がいう。

七十郎は軽く振り返った。

「俺が十二で見習《みならい》として出仕してから、確かにこれだけなにも起きぬというのは、そうそう覚えがあるものではないな」

なにしろもう半月近く、こそ泥一件すらも起きていないのだから。

腕の見せどころがないという言い方もあるが、町方《まちかた》は暇が一番だ。道行く町人たちも冷たい風のなか、気持ちが豊かなのか、誰もが笑顔を見せている。

結局、この日もなにも起きず、七十郎は見まわりを終えて奉行所に戻ってきた。日が短い冬のことで、じき太陽は地平の向こうに姿を隠そうとしているが、夏ならまだ七つ（午後四時）すぎといった頃合だろう。

冬は夜が長い。冷えきった体をあたためるために、酒が飲みたかった。

「清吉、行くか」

七十郎は杯をひねる仕草をした。

「本当ですかい」

清吉は小躍りしている。七十郎は中間の顔をまじまじと見た。

「俺、そんなに誘ってなかったか」

「そうでもありませんけど、本当に飲みたかったんですよ。その気持ちが通じたようで、うれしかったんです」

「どこがいい」

「楽松《らくまつ》ですね」

「俺も行きたいが、あそこは混んでいるだろう。それに、少し遠い」

安くてうまい料亭の楽松は麴町《こうじまち》にある。南町奉行所からでは江戸城をはさんだ西側だ。冷たい西風に逆らって歩くのは億劫《おっくう》だ。

実際、七十郎としても行きたい。なにしろ料理も酒も吟味し尽くされているのだ。

このところ久しく会っていないが、勘兵衛に頼めば連れていってもらえるだろう。勘兵衛はあの店に顔が利くのだ。

「楽松は冗談です。あっしはどこでもかまやしませんよ」

「なら、橋松《はしまつ》にするか」

「ええ、そうしましょう」

同じ松の字がついているが、肴《さかな》や料理の類《たぐい》は楽松とはくらべものにならない。どこにでもある煮《に》売《う》り酒屋だが、愛想のない親父《おやじ》の腕がそこそこよくて、酒もうまいものが置いてある。しかも、いつもそんなに客がいない。静かに飲むには一番だ。

四半刻《しはんとき》（約三十分）後に大門《だいもん》のところで待ち合わせることにし、七十郎は門内の入口に身を入れた。

七十郎たち同心詰所は、大門から横に広がっている長屋のなかにある。

ほとんどの同心が帰ってきていた。

七十郎は文机《ふづくえ》の前に座り、さっそく今日の日報を書きはじめた。

しかし、すぐに筆はとまった。なにも事件らしいことがないので、書くことはほとんどない。

今日一日の行動を書くにとどめた。

他の同心と世間話をかわしてから、お先に失礼します、と外に出た。

清吉は待っていた。これから逢い引きをするかのようにいそいそとした表情だ。

「よし、行こう」

七十郎がいうと、にっこりと笑みを浮かべた。


昨夜の酒がまだ少し残っている。

飲みすぎたとまではいわないが、ここしばらくの平穏さに油断したというのはある。

頭が少し痛い。

こうして駆けていると、気持ち悪さが胸の壁を這《は》いのぼってくるような心持ちがする。

「しかし清吉、本当か」

気持ち悪さを押し戻して七十郎はいった。

「ええ、まちがいありませんよ」

先導して走る清吉が答える。清吉は七十郎以上に飲んだのだが、ふつか酔いはほとんどないようだ。もともと酒には強い。

「殺されたのは、腰村《こしむら》さまとのことです」

「そうか」

さすがに暗澹《あんたん》とした気持ちになる。

道は小石川《こいしかわ》御簞笥町《おたんすまち》に入った。まだ日がのぼってときがたっておらず大気は冷えきっているとはいえ、さすがに汗をかいている。

「あそこのようですね」

清吉が指さす。

人垣が見えていた。ほとんどは野次馬のようだ。

息が荒いまま七十郎は、人垣をかきわける清吉のあとに続いた。

野次馬たちはせまい路地をのぞきこんでいる。路地は寺と寺のあいだを走っているようだ。

十間《けん》（約十八メートル）ほどで寺の塀に突き当たり、行きどまりになっていた。

「おう、七十郎、来たか」

七十郎に声をかけてきたのは、先輩同心の盛田《もりた》久左衛門《きゅうざえもん》だ。さすがに暗い顔をしている。

「おそくなりました」

「見るか」

目の前に筵《むしろ》の盛りあがりがある。

七十郎の返事を待たず、久左衛門が筵をはいだ。

うっ、と声が漏れそうになった。信じられない。昨日まで一緒に仕事をしていた同心の一人が今はむくろと化しているのだ。

仰向《あおむ》けで、目は閉じている。検死が終わるまで死骸《しがい》には手を触れられないから、もともと閉じていたのだろう。

腰村弥兵衛《やへえ》。歳は五十ちょうど。七十郎と同じ定町廻り同心だ。

七十郎は、霜が溶けたあとの水気が残っている地面に片膝をついた。

「だいぶやられてますね」

震えそうになる声を抑え、冷静に口にする。

「そのようだ」

死骸の顔には、いくつも殴られた跡がある。唇が切れ、頬が腫《は》れている。目も半分ふさがり、額にはたんこぶがあった。

「手ひどいやられ方だ。だが、それが腰村の命を奪ったわけではないぞ」

久左衛門が腰村の着物を指さす。

腰村は同心であることを示す黒羽織《くろばおり》を着たままだが、胸に刺し傷があった。血を大量に吸った黒羽織は色が変わっていた。

「心の臓を一突きだ。脇差《わきざし》かな。検死が終わらぬとなんともいえねえが、深々と背中のほうまで突き通っている気がする。おそらく匕首《あいくち》じゃねえな」

久左衛門は経験豊富な同心だ。これまで数多くの死骸を見てきている。そういう者の言だけに重みがある。

「かなり手慣れた野郎の犯行のように思えるな。――七十郎」

静かに呼びかけてきた。

「南町奉行所内の意地に懸けても、下手人をあげねえとな」

「はい」

七十郎は深く顎《あご》を引いた。

この下手人は特に野放しにはできない。そんなことを許せば闇《やみ》の世の者に町奉行所は甘く見られることになる。

「どうして下手人は、腰村さんをこうまで手ひどくやったんでしょう」

「うらみかな」

「うらみなら、一突きにするだけでこと足りたのではありませぬか」

「一思いに殺すのを惜しい、と思っただけにすぎぬのかもしれぬ。俺たちがいろんなところでうらみを買っているのは事実だろう。しかし、できたらこんな最期《さいご》を迎えたくはねえもんだ」

七十郎は目をあげた。

「盛田さんは、腰村さんとは親しかったのですか」

久左衛門がじろりと見る。

「俺を疑っているのか」

「まさか。腰村さんの人となりをききたいと思っただけです。それがしは、ほとんど口をきいたことがなかったものですから」

「そいつは俺も同じだ。腰村は俺たちとはあまり親しくしていなかった。避けていたわけじゃあないだろうが、飲みに誘っても一緒に来たためしはなかった」

その通りだ。孤高というものを感じさせる同心だったように思う。

「殺されたのはいつ頃でしょうか」

あらためて腰村の死骸に目をやった。

「昨夜というのははっきりしているな。俺の勘じゃあ、五つ（午後八時）から九つ（深夜零時）くらいのあいだじゃねえかと思える」

「五つとしたら、かなりはやい刻限ということになりますね」

「まあ、そうだな」

久左衛門が顎に手を当てた。

「腰村は酒を飲んでいたようだ」

「本当ですか」

「ああ、少し香る」

七十郎を見て久左衛門が顔をかすかにゆがめた。

「七十郎、おめえも酒くせえな。だいぶ飲んだのか」

「はい、申しわけありません」

「別に謝ることはねえよ。誰もこんな事態は予期できねえ」

七十郎は腰村の口許《くちもと》に顔を近づけたが、酒のにおいはわからなかった。

「腰村さんが飲んでいたとして、その相手に殺されたのでしょうか」

「七十郎、先走るな。そいつはこれからだ」

「そうですね。なにか取られた物はありそうですか」

「懐《ふところ》を探ってみたが、財布も十手《じって》も無事だ。ただ、財布にはびた銭しかねえ。下手人が死人に持たせとくのはもったいねえとばかりに、取っていったかもしれねえな」

なるほど、と相づちを打った七十郎はあたりを見まわした。野次馬は相変わらず垣をつくったままだ。むしろ数を増している。

「このあたりは腰村さんの縄張ですね」

「そうだ」

「しかし昨日、腰村さんは詰所に夕方、戻っていましたね。ということは、仕事を終えたあと、またここまでやってきたということになります」

「そういうことになるな。誰かに呼びだされたか、もともとこっちで会う約束になっていたか」

太陽がやや高くなり、町屋の屋根を越すようになった頃、検死医師の紹徳《しょうとく》が姿を見せた。薬箱を担いだ小者《こもの》を一人連れている。

「ご苦労さまです」

七十郎は出迎え、死骸のもとに案内した。

紹徳はさっそく検死をはじめた。

顔の傷だけでなく、着物をはぐようにして体も丹念に見ている。

「顔だけでなく、体のほうにも責めの跡らしい痕跡《こんせき》がありますね」

七十郎たちは、紹徳の示すところを見た。首筋や背中、脇腹などいたるところに青あざがある。息を飲むほどの多さだ。

「しかし、これはただ多いだけですね」

紹徳がいう。

「あまり急所というものを知らず、ただ闇雲にやっただけでしょう」

「素人《しろうと》の仕業ですか」

七十郎はきいた。

「そう考えるのが妥当かもしれません」

久左衛門によれば、殺した者は、手慣れた者。責めた者は素人。

とにかく、と七十郎は思った。腰村弥兵衛には、吐かされるべき秘密があったということなのだろう。

紹徳は、殺されたのは昨夜五つから八つ（午前二時）くらいまでのあいだではないでしょうか、といった。

これは久左衛門の言とほとんど変わらない。命を奪ったのは、いうまでもなく胸を一突きにした刃物による傷。

定廻りが殺されたときいて、与力《よりき》の溝口佐四郎《みぞぐちさしろう》も出張ってきた。七十郎たちに、腰村の背景を調べるように命じた。目撃者捜しには南町奉行所に関係しているすべての岡《おか》っ引《ぴき》、下っ引をつかうことになりそうだ。

「奉行所の面目《めんぼく》に懸けても、下手人をとらえなければならぬ」

佐四郎は紅潮した顔でいいきった。

四

勘兵衛は出仕した。非番を満喫して、気力が満ち満ちている。

徒目付の詰所に入る。朝がはやい徒目付といえども、まだ誰もいなかった。

徒目付づきの小者が、いくつもの火鉢に赤々とした炭を入れてまわっている。

「ご苦労だな」

勘兵衛が声をかけると、これが仕事ですから、と明るく答えた。

火鉢のおかげで、冷えきっていた詰所が徐々にあたたまりはじめた。勘兵衛は鉄瓶に湯をわかし、茶をいれた。

のんびり味わっていると、襖があいて修馬が姿を見せた。

「おはよう」

勘兵衛がいうと、修馬は顔をしかめた。

「そんなに大きな声をだすな。大きいのは頭だけにしておけ」

「どうかしたのか」

修馬がよろよろと歩いてきて、隣の文机の前に腰をおろした。

その仕草はいかにもおっかなびっくりという感じだ。

「腰が痛いのか」

なにがあったのか、勘兵衛はさとった。

「修馬、おぬしはまったく懲《こ》りぬやつだな」

「仕方なかろう。早苗どの、天女のように美しいんだぞ」

「だからって、まだ婚約をかわしたわけでもあるまいに、口を吸おうなどと考えるのがおかしいんだ」

修馬がじろりとにらむ。

いたか」

「勘兵衛、おぬしは美音どのの口をはじめて吸ったのはいつだ。そのとき、婚約をして

どうだったかな、と勘兵衛は考えた。確かあれは、蔵之介の墓参りに二人で行ったと
きだから、久岡家の菩提寺《ぼだいじ》の臨興寺《りんこうじ》だ。

あのとき婚姻の約束はかわしていた。

ただし、そのことを告げるのは馬鹿らしかった。

「なんだ、いう気はないのか」

修馬が勘兵衛の湯飲みを手にして、唇《くちびる》を湿らせる。

「勘兵衛、一緒になる約束をしていたからといって、美音どのの口を吸っていいことに
はなるまい」

それは事実だ。許嫁《いいなずけ》の口を吸ったのを上役に咎《とが》められ、処分を受けた者がいる。以
前は切腹まで追いこまれた者がいたらしいが、今はさすがにそこまではあるまい。

「しかし修馬、約束をかわしておらぬのなら、なおさらだろう」

「勘兵衛、俺はなにもしておらぬのだ。それなのにぶん投げられた」

「なにもしておらぬということはあるまい。なにかしたから、早苗どのは投げたんだ」

「しかし唇くらい、いいと思うのだがなあ」

「本音が出たな」

「男である以上、好きなおなごの唇に触れたいと思うのは当たり前だろうが」

「――おい、そこの二人」

いきなり呼ばれた。勘兵衛と修馬はあわてて振り向いた。

「いつまでくだらぬ話をしておる」

徒目付頭《がしら》の麟蔵が眉間《みけん》にしわを寄せている。

「はっ、申しわけございませぬ」

勘兵衛と修馬はそろって頭を下げた。気づくと、詰所には全員がそろっていた。

「みんな、きいてくれ」

麟蔵が声を張る。

「昨夜、町奉行所の定廻り同心が殺された」

昨日、七十郎のことを思いだしたばかりだったので、勘兵衛の胸のうちを、まさか、という思いがよぎっていった。

「名は腰村弥兵衛。歳は五十」

町奉行所の同心が殺されたのだから胸をなでおろすのはおかしかったが、七十郎でなくて本当によかったと思った。

どういう状況で殺されていたか、麟蔵がこと細かに説明する。

「今のところ、応援の要請はないが、いつでも力添えができる心づもりでいるように」

はっ、と勘兵衛たちは声をそろえた。

しかし、と勘兵衛は思った。町奉行所から探索の応援の要請はないのでは、という気がしている。

なにしろ徒目付は、七十郎など少数の者を除いて町奉行所の者からきらわれているからだ。

勘兵衛と修馬は、いつものように城中の見まわりに出た。

橋や櫓《やぐら》など城の要所につめている者たちに、厳しい眼差《まなざ》しを投げてゆく。

番士《ばんし》たちは勘兵衛たちがそばにいるあいだは背筋をのばし、仕事に励んでいるふりをする。

それも仕方のないことだ。江戸城に忍びこもうとする者など滅多にいないし、攻め寄せてくる者がこの太平の世にいるはずがないからだ。

ただ、この平和な世の中がいつまで続くか、という危惧《きぐ》が勘兵衛にないわけではない。

遠い戦国の昔のような戦乱の時代に戻らないとは、誰もいいきれないのだ。

織田《おだ》の世を豊臣《とよとみ》が手中にし、豊臣の世を徳川《とくがわ》が奪ったように、徳川の世が何者かの手に落ちることはないと考えるほうがおかしい。

勘兵衛は間近に建つ櫓を見あげた。この大きくて高い櫓もいつかは焼け、あとには残骸しか残らないというような日がやってくるのだろうか。

「勘兵衛、どうした、なにを考えている」

「いや、なんでもない」

「櫓を見ていて疲れなかったか」

勘兵衛は修馬をにらんだ。

「修馬のいいたいことなど、わかっている。この頭で上を見ると、支える首がかわいそうだとでもいいたいんだろう」

「さすがは勘兵衛だ」

「いつもながら無礼な男だ」

勘兵衛は歩きだした。

「勘兵衛、手助けをしたい顔つきだな」

勘兵衛は振り返ると同時に足をとめた。

「まあな」

「しかし、無理だろうな。町奉行所は意地でも我らに応援など求めてはこぬだろう」

「その通りだ」

勘兵衛は小さく息をついた。

「今は俺たちの職責を果たすしかない」

午後になり、勘兵衛と修馬は昼飯のついでに江戸市中に出た。

「勘兵衛、どこで飯を食う」

「その前に七十郎の縄張に行きたい」

「なんだ、やっぱり手伝いをする気なのか」

冷たい風が吹き渡り、町屋の戸が激しく鳴っている。土埃《つちぼこり》が吹雪《ふぶき》のように細かく舞い、店の暖簾《のれん》はちぎれそうにはためいている。

そんななか、大勢の町人が背中を丸めるようにして歩いている。誰もがこの厳しい寒さに急ぎ足だ。

「手伝いをする気はない。さっき修馬がいったように、町奉行所は意地でも自分たちだけでやり通そうとするだろうからな」

「だったら、どうして稲葉どのに」

「話をききたいだけだ」

七十郎の縄張は四ッ谷《よつや》や市ヶ谷《いちがや》、麴町などだ。勘兵衛と修馬は出向いてみたが、会えなかった。

「残念だな」

修馬が慰めるような口調でいう。

「稲葉どのたちは縄張の見まわりをしておらぬということか」

「ああ、死骸が見つかったという小石川のほうにまわっているんだろう」

五

やはりうらみを持つ者の仕業だろうな。

与力の溝口佐四郎には、殺された腰村弥兵衛の背景を調べるように命じられたが、うらみを持つ者を捜しだすこともその仕事になるはずだ。

七十郎は、まず腰村の中間に話をきくことにした。腰村といつも一緒にいたのだ、なにか知っているだろう。

「清吉、腰村さんの中間についてなにかきき及んでいるか」

奉行所内の同じ中間長屋に住む者同士だ。

「いえ、あっしはほとんど口をきいたことはないですねえ。名は平六《へいろく》さんというのはもちろん知っていますけど」

「そうか」

七十郎は、小石川御箪笥町で目撃者捜しの探索をはじめていた中間をつかまえた。

平六はやや猫背の小男だ。色が黒く、目にはいつもおびえているような卑屈さが見えている。

「いえ、あっしには旦那にうらみを持っていた者に心当たりはありません」

ほかの同心にもきかれたようで、平六はどことなくいい慣れた口調で答えた。

「だが、俺たちがうらみを買わぬというのは滅多にない。もう少し考えてくれぬか」

「はあ」

そういわれて、平六がうなだれるように考えこむ。

「あっしにはやはりわかりません。腰村の旦那はこう申してはなんですが、うらみを買うほど仕事に対して熱意を持っていたように思えないんですよ」

「どういう意味だ」

「腰村の旦那は、同心の家に生まれついて、いやいや仕事をやっていたという感じがどうしてもついてまわっていた気がします」

「しかし定廻りというのは花形だ。手前味噌《てまえみそ》になってしまうが、仕事熱心でない者がなかなか任命されるものではないぞ」

「そいつはあっしもわかっています。稲葉の旦那もご存じでしょうが、腰村の旦那はときおりえらい手柄を立てていたじゃないですか。そういうのが、上のお方の評価につながっていたのだと思います」

確かにそうだ。七十郎は腰村のすべての手柄は知らないが、最後の大きな手柄は三年前、市中で押しこみを繰り返し、情け容赦なく店の家族や奉公人を殺しては金を奪っていた者どもの捕縛だろう。

腰村のききこみがきっかけとなり、賊どもの居場所が割れ、一気に捕縛につながった。あれなどは、腰村の勘働きのよさとしかいいようがない。賊どもは船宿を営み、そこのあるじと奉公人という別の顔を持っていたのだから。

賊どもが舟をつかって押しこみをはたらいていたとの確信を得ていた腰村は、地道にききこみをしたという。そして、一軒の船宿に的を定めることになった。

「あのときは、腰村の旦那には執念を感じました。もっとも、その前の五年以上、なんの手柄もあげておらず、上のお方からはこれ以上なにもしなかったら定町廻りをはずす、といわれていたという噂を耳にしました」

そうだったのか、と七十郎は思った。それで三年前は、あれだけしゃかりきに仕事をしたのか。

「ふだんの腰村さんはどうだったんだ。本当になにも仕事をしなかったのか」

「いえ、見まわりはしっかりとされていましたよ。しかしそれだけで、探索に関しては岡っ引などにまかせきりで、稲葉の旦那のようには一所懸命ではありませんでした」

これで平六を解き放った。

七十郎は清吉を連れ、腰村にうらみを持っている者がいないか、岡っ引や手下にも話をきいた。

しかし、平六以上の話を得ることはできなかった。

「旦那から見て、腰村の旦那というお方はどうだったんですかい」

「探索に熱心でないというのははじめてきいた……。見まわりから帰るのはいつもはやかったようだし、ほかの者が居残って詰所で仕事をしているときでも一人さっさと帰ってしまうところはあったな」

「そうですかい」

「だが、それだって人それぞれだからな。仕事を手際よく終わらせられるのだって、重要な才だと俺などは思う」

七十郎に引っかかっているのは、やはり腰村の顔や体に残された責めの跡だ。いったい下手人はなにを腰村に吐かせたかったのか。

今のところ、目撃者は見つかっていない。下手人が一人なのか、二人以上だったのか、それもわかっていない。

一人ではない、という気がしている。一人では腰村に対し、あそこまでのことはできないはずだ。

腰村は中轟《ちゅうごう》流の免許皆伝ときいたことがある。中轟流というのがどういう剣を遣《つか》うか知らないが、免許皆伝という以上、相当の腕であるのはまちがいない。

酒が香ったということは、腰村は酔っていたのだろう。連れ去り、あの場に連れてきて責めに責めた。

寺に囲まれたあの行きどまりの路地では、夜ともなれば人通りなどまったくなく、誰にも見咎められることはなかっただろう。

その後の奉行所の調べで、腰村には友人や親しい者があまりいないのも判明した。

妻はいるが、腰村は自分のことはなにも話さなかったとのことだ。

ただ、腰村は妾《めかけ》を二人囲っているのが明らかになった。その二人はそれぞれ町屋に住まわせている。

妻には話さなくても、妾にはなにか話しているのではないか。

そんな期待を持って、七十郎は清吉とともに妾に会った。

妾は二人とも、神田川《かんだがわ》そばの平永町《ひらながちょう》に住んでいた。一丁目と二丁目だ。

どういうつもりで腰村がこんな近くに二人を住まわせたのか。確かに、便利は便利かもしれない。どちらに行くか迷ったとき、近ければ両方行くこともできる。

まず、一丁目に住むお布路《ふじ》に会った。住んでいるのはこぎれいな一軒家だ。このあたりなら家賃も馬鹿にならないだろう。

もう一人の妾も同じようなところに住まわせているはずだから、腰村は金があったということになる。

薄給の同心といっても、金を手に入れようとすれば手はいくらでもある。商家にたかるのも一つの手だし、もともと町方は大名からの付け届けが多い。

だが、しょせんは同心にすぎない。年に千両単位で収入がある与力とはちがう。

となると、強請《ゆすり》だろうか。そのことでうらみを買ったのか。

責めの跡は、久左衛門のいったように一《ひと》思いに殺すのがいやだったからなのか。だが
それほど深いうらみを買っているのなら、誰かがそのことを知っていると思うのだが。

お布路はなにも知らなかった。腰村が来ていたのは、十日に一度ほどだという。

お布路は目元が涼やかで、一瞬、はっとする美しさを見せることがある。

腰村が死んだのはきかされていたはずだが、七十郎からあらためてきいて、大泣きした。これからどうしたらいいんでしょう、と途方に暮れた顔を見せた。

お布路は、このまま七十郎に囲ってもらいたいというような表情をしている。

七十郎としては惹かれるものがあったが、死んだ同僚の妾を受け継ぐというのはさすがにいい気持ちはしない。

七十郎自身、妾よりもはやいところ身をかためたい。そのときは妾など持つ気にならないような、すばらしい女性《にょしょう》を妻にしたいと考えていた。

頭のなかにある理想の人は、勘兵衛の妻の美音だ。あれだけ美しく、聡明《そうめい》な人を妻にできたらどんなにいいだろう、と夢想することがある。

どこかで美音のような人が自分のことを待っていてくれるのだろうか。

そう願いたいが、今のところは出会えていない。

平永町二丁目に住む妾のもとを訪れた。こちらもやはり一軒家だ。

妾はお結衣《ゆい》といった。長いまつげのため か、瞳《ひとみ》が濡《ぬ》れているように見える。立ち姿もつやっぽく、なかなかきれいだった。

お布路にしろ、このお結衣にしろ、腰村は器量好みだったのが知れた。

お結衣も腰村が殺されたときいて、涙を流した。腰村はそれなりに愛情を持って妾たちに接していたのがわかった。

お結衣も腰村がうらみを買っていたとか、誰かを強請《ゆす》っていたりしたとかいうことについては知らなかった。

「腰村さんが死んで、おまえさんの面倒を見てくれる人はいなくなったわけだ。これからどうする」

七十郎がきくと、お結衣は艶然《えんぜん》とした笑みを見せた。

「旦那が世話してくれませんか」

妾というのは、考えることが一緒なのか。

「そいつは無理だな」

「そうですよね」

寂しげな感じを笑いににじませる。

「あたしはいいんです。前に奉公していた料亭にまた雇ってもらいますから」

「前はそういう店にいたのか」

「はい。あたし一人なら、なにをやっても食べていけます。正直、旦那さまを待つ暮しというのにも、少し飽きてきていたんです」

泣くだけ泣いてすっきりしたのか、お結衣はさばさばとした口調でいった。

やはり女はたくましいな、と七十郎は思った。

その後、七十郎は清吉を連れて腰村が出入りしていた飲み屋やたかっていたと思える商家を虱潰《しらみつぶ》しにした。

殺されたときいて一様に皆驚いたが、ほっとしている様子の者も多かった。

だからといって、その者たちに殺しができるかというと、まず無理だ。

殺し屋にでも頼めば話はちがうのだろうが、話をきいた者たちでそこまでするほど腰村に深いうらみを持っている者は一人としていないように思えた。

気になるのは、やはり責められたと思える跡だ。

下手人は、あるいは下手人たちは、腰村からなにを得たかったのだろう。

六

「おい、勘兵衛」

いつものように城内の見まわりを終え、午後に市中に出て昼食を一膳飯屋《いちぜんめしや》で終えたとき、修馬がきいてきた。

「また稲葉どのに会いに行くのか」

「いいか」

「かまわぬぞ。江戸の町をただ見まわりしているだけでは、退屈だからな」

「それなら小石川に行ってもいいか」

「わざわざ断らぬでも、はなからその気だろうが」

勘兵衛は小さくうなずき、足を小石川のほうへと向けた。

「しかし勘兵衛、寒いなあ」

一陣の風が吹きすぎ、修馬が襟元《えりもと》をかき合わせる。

「見ろよ、あの富士山《ふじさん》。真っ白だぜ」

修馬が顎をしゃくったほうに、富士の山が見えている。下のほうまで冠雪し、冬の陽射しを浴びて光り輝いている。

「きれいだな」

勘兵衛は惚《ほ》れ惚《ぼ》れと口にした。雪をいただいた富士山を見るたびに、身の引き締まる思いがするのはどうしてだろうか。

「確かにきれいだが、富士山自体、寒さに震えているように見えぬか」

「雪の衣では寒いことは寒いだろう」

「富士山は、夏と冬、どちらが好きなんだろうな」

「さあな。そんなことは考えたこともなかったが」

「やっぱり暑いほうがいいのかな。だがあの場所に座りこんで、真夏の太陽にあぶられ続けるというのはつらいよな」

「それをいうなら、冬だってじっとしたまま冷たい風を受けなくちゃいけないんだ。どっちがいいかはわからぬな」

「そういうことになるか」

徒目付が大まじめにいい合うような話題ではないが、修馬とはこういう話をしているとどことなく楽しい。

あと三町（約三百二十七メートル）ほどで小石川御箪笥町というところまで来たとき、路上で騒ぎが起きているのにぶつかった。

「なんだ、あの野次馬たちは」

修馬がいちはやく駆けだす。女の悲鳴らしいものが漏れきこえた。

「通せ」

修馬が声を張りあげて、人垣を割る。

「とっとと通すんだ」

「なんだよ、押すなよ」

人足《にんそく》らしい者が振り返り、にらみつけてきたが、修馬がにらみ返すと、すみませんとばかりに小腰をかがめた。

勘兵衛たちは人垣の前に出た。

「果たし合いか」

修馬がつぶやく。

抜き身を手にした二人の侍が向き合っている。二人とも殺気をみなぎらせているように見えたが、そうではなかった。

一人は腕自慢らしい浪人だ。もう一人は、いかにも気の弱そうな勤番侍にしか見えない。三人の仲間らしい侍がそばにいるが、浪人の気迫に圧倒されているらしく、ただ成りゆきを見守る形になっている。

浪人が刀を振りあげ、今にも振りおろそうとしただけで、野次馬から、おう、とか、わあ、といった声があがる。女の悲鳴も混じる。

「勘兵衛、おぬしが行くか」

修馬にいわれ、勘兵衛は浪人を見つめた。

「俺が行ったほうがいいだろうな」

「強いのか、あの浪人」

勘兵衛は微笑した。

「修馬ではむずかしいかな」

「やはりそうか」

修馬が眉《まゆ》をひそめる。

「浪人は金目当てかな」

「なにか因縁《いんねん》をふっかけたのだろう。ふっかけられたほうは仲間がいるので、引くに引けずといったところか」

「また体面か。侍というのは面倒くさいな」

「他人事《ひとごと》みたいにいうな。修馬もその一人だろうが」

「そんなのはわかっているさ。——勘兵衛、とにかくはやくおさめてやれ。あの勤番侍がかわいそうだ」

修馬のいう通りで、侍は顔から汗を流している。次から次へとわきだして、雨粒のように地面に落ちている。汗だけでなく、実は漏らしてしまっているのではないか、と思えるほど着物も濡れている。

勘兵衛は、この寒さのなか、あれだけの汗を流せる人の体の不思議さを思った。

勘兵衛は長脇差の鯉口《こいぐち》を切って、足を踏みだした。

「どうされた」

二人に声をかけた。

勤番侍は太陽の光を一身に集めたかのように、顔を光り輝かせた。

浪人がちらりと目を当ててきた。

「手だし無用っ」

野太い声で吠《ほ》える。

「そういうわけにはいかぬ。どうして天下の大道で刀を向け合っている」

「この男が鞘当《さやあて》をしたからだ」

「ちがう」

勤番侍が声をあげる。

「そちらが当ててきたのではないか」

「なんだと。きさま、まだいうか。そんなに死にたいのか」

浪人が刀を上段に構え、近づこうとする。

「本当のことではないか」

「仲裁が来て、急に元気づいたな。本当にあの世に送ってやる」

「まあ、待て」

勘兵衛は浪人の前に身を入れた。

「邪魔立てするな」

「おぬし、はなから斬《き》るつもりなどないだろうが」

「なんだと」

「目当ては金だろう。ちがうか」

「侮辱する気か」

「金ではないのか」

「ちがうに決まっておろう。鞘当されて、黙っていられるか。侍の意地だ」

「鞘当くらい、いいではないか。意地などつまらぬ」

「なんだと」

「いきり立つな。俺が相手をしようか」

浪人がじろりと見る。

「腕に自信があるのか。人とは思えぬ頭のでかさだが、そんなので刀が振れるのか」

そのものいいに、勘兵衛はかちんときた。

「やってみるか」

「やろうではないか。正直いえば、こんなちんけな勤番を相手にするのはいやだったんだ。そんな頭をしているとはいえ、退屈しのぎにはもってこいだ」

「自信があるんだな。だが、あんたでは俺には勝てぬ」

「ほざけ」

浪人がいきなり上段から刀を落としてきた。さすがにいうだけのことはあり、雷撃を思わせる一撃だ。

勘兵衛は楽々とよけ、長脇差を引き抜くや、胴を狙《ねら》った。浪人はよけたが、勘兵衛はすばやく右にまわりこんで長脇差を袈裟《けさ》に振った。

浪人は受けとめたが、勘兵衛はさらに右にまわった。

浪人があわてて体の向きを変え、袈裟斬りを見舞ってきたのを上体のひねりだけでかわし、がら空きの胴を打ち抜いた。

腐りかけの丸太を叩《たた》いたような鈍い手応《てごた》えがあり、浪人が息のつまった声をだした。刀を放り投げるようにし、腹を押さえて両膝を地面についた。

「安心していい。こいつは刃引きだ」

浪人が苦しげに勘兵衛を見る。

「きさま、何者だ」

勘兵衛は身分を告げた。

「徒目付か。役人など腰抜けばかりかと思っていたが、あんたみたいなのもいるんだな」

「罪に問うことはせぬ。とっとと刀をおさめてねぐらに帰れ」

浪人はよろよろと立ちあがった。刀を拾いあげ、しばらくじっと刀身を見ていた。

妙な考えは起こすなよ、と勘兵衛は念じた。

浪人は刀を鞘にしまい、ふらふらと歩きだした。

「ありがとうございました」

勤番侍が頭を下げる。三人の仲間が駆け寄ってきた。

勘兵衛は浪人が遠ざかったのを確かめてから、長脇差を鞘におさめた。

「なんでもござらぬ。怪我《けが》は」

「はい、おかげさまで」

勘兵衛は勤番侍を見つめた。

「もし次に同じようなことがあれば、下手《へた》に意地を張らず、さっさと謝ってしまったほうがよろしいな」

「しかし――」

「助けられて喜ぶくらいなら、最初から謝ったほうが誰にも迷惑はかけませぬよ」

勘兵衛は修馬を見た。

「行こうか」

早足で歩きだす。

「なんだ、なにを怒っている」

うしろから修馬がきいてきた。

「なにも」

「嘘《うそ》をつけ。その大きな頭から湯気が出ておるぞ」

「別に怒ってはおらぬ。ただ、修馬のさっきの言葉が当たっているな、と思ってな」

修馬が肩を並べる。

「侍とは面倒くさいものだな、といっただろう。確かに意地はわかるが、鞘が当たったくらいで、あの勤番は命を失っていたかもしれぬのだから」

「それだけ鞘当というのは、侍にとってたいへんなものなのさ」

「鞘が当たったからといって、なんだというんだ。どうでもいいではないか」

「なんだ、さっきは俺のことを怒ったくせに、ずいぶんな変わりようだな」

「侍というのはなんだろうな、と考えてしまったんだよ。どうしてあんなつまらぬことで命のやりとりをしなければならないんだ。もしこの俺が刃引きの長脇差でなかったら、あの浪人だって、死んでいたかもしれぬのだぞ」

「勘兵衛なら、峰を返していたさ」

修馬が笑いかける。

「勘兵衛、侍をやめたくなったのか」

「いや、そこまでは考えぬ。俺は骨の髄まで侍だ」

修馬がしばらく黙りこんだ。

「いつか侍という者が、この世からいなくなる日が来るのかもしれぬなあ」

勘兵衛は驚いて修馬を見た。

「そんなときが来るかな」

「侍が生まれたのがいつか、勘兵衛は知っているのか」

「いや、知らぬ」

「俺も知らぬが、ずっと昔からこの世にいたというわけではあるまい。侍という者がこの世に生まれ出てきたものである以上、消え去る日がいつかやってきたとしても決しておかしくはあるまい」

その通りだが、侍がいなくなる世など、勘兵衛には想像もできない。

「侍がいなくなったら、この世は誰が一番上に立つんだ」

「なんだ、勘兵衛は侍がこの世で一番えらいと思っているのか」

「えらいとは思っておらぬが、一番上に立っているとは思っている」

「一番上に位置しているのは商人だろう。金を持つ者がこの世を支配している。商人は賢《かしこ》いから、そのことを侍にさとらせぬだけだ」

「そういうものかな」

「そういうものさ」

勘兵衛と修馬は歩き進み、小石川御簞笥町に入った。

勘兵衛は辻《つじ》で立ちどまり、見渡した。

「定廻りが殺されたのはこの町だが、町方らしい者は見当たらぬな」

「とうにききこみは終えたんだろう。この分だと、稲葉どのも近くにはおらぬか」

勘兵衛はふと目をとめた。

五間（約九メートル）ほど先にいるばあさんが、苦しげな顔をして腹を押さえている。

勘兵衛はすぐさま駆け寄った。

「どうした」

ばあさんが勘兵衛を見あげる。しわ深い顔にさらにしわが寄っている。渋茶のような色をしている顔に青みが差し、脂汗《あぶらあせ》が浮いている。

「急に差しこみが」

あえぐように口にした。

「持病か」

「いつも胸が痛くなるんです」

ばあさんが言葉をしぼりだす。

「かかりつけの医者は」

「いえ、そういうのはいません」

金が払えないのかな、と勘兵衛は思ったが、ばあさんは悪い身なりではない。

勘兵衛は修馬を振り返った。

「医者に連れていこう」

「ちょっと待て。きいてみる」

修馬が道を行く人に、近くに医者がいないか、たずねはじめた。そのあいだ、勘兵衛はばあさんの背中をさすり続けた。

「勘兵衛、あの角を曲がった先に医者がいるそうだ」

「よし、行こう」

勘兵衛は、行きたくないですよお、と渋るばあさんを背負い、足早に歩きだした。まるで赤子をおぶっているかのように軽い。

医者はすぐに診《み》てくれた。

「お田美《たみ》さん、やっぱり心の臓にだいぶがたがきているようだね。商売にあまり身を入れないほうがいいよ」

「商売というと」

勘兵衛は医者に問うた。

「一膳飯屋ですよ。跡を継いでいるせがれ夫婦がいるっていうのに、いまだにお田美さん、切り盛りしているんですよ」

「だって働くのをやめたら、あたし、死んじゃうんじゃないかって思えるんですもの」

「昼間はいいよ。夜はもうやめて、体を休めたほうがいい。でなきゃ、本当に死んでしまうよ」

「夜は酒でもだしているのか」

「ええ、そうです」

お田美が歯のない笑顔を見せる。

「お侍も是非、いらしてください。今日のお礼に、ご馳走《ちそう》させてもらいますから」

いつの間にか、お田美はすっかり元気を取り戻している。医者が調合した薬が効いたようだ。

医者の代はお田美が自分でだした。勘兵衛と修馬はお田美を家まで送っていった。

お田美は店まで一人で歩いた。先ほどの苦しみようが嘘のようだ。

夜までの一休みか、店には暖簾がかかっておらず、戸は閉まっていた。

その戸がいきなりあき、黒羽織の男が外に出てきた。

「おっ、七十郎ではないか」

「ああ、久岡さん、山内さん」

七十郎が頭を下げる。うしろにいる清吉もあるじにならった。

「どうしてこちらに」

勘兵衛は説明した。

「七十郎はどうしてこの店に」

「腰村さんが、前夜、酒を飲んでいたのがわかっていましてね。おといの夜、ここに来なかったか、ききこみをしていたんです」

「収穫は」

「今のところ、なしです。どこで酒を飲んでいたのか、わかりませぬ」

七十郎は、疲労の色を顔に少しにじませている。

「どこかで甘酒でもすすらぬか」

勘兵衛は誘った。

「いいですね」

うしろで清吉も表情を輝かせている。

「それでしたら、うちで飲んでいってくださいよ」

お田美が勢いこんでいう。

「うちでもだせますから」

「それなら、お言葉に甘えるか」

勘兵衛たちは土間から座敷にあがりこんだ。せがれ夫婦らしい男女が、しこみをしている最中だった。

「すぐにお持ちしますから、待っていてくださいな」

お田美が厨房《ちゅうぼう》に引っこんだ。

やがて酒の甘い香りが店内に満ちはじめた。

「お待たせしました」

盆の上に四つの器がのっている。お田美は手際よく勘兵衛たちの前に置いていった。

「では、いただこうか」

勘兵衛たちはそろって器を手にした。

勘兵衛は静かにすすった。こくと甘みがあって体にしみ渡ってゆく。

「うまいなあ」

ほう、という吐息とともに自然に声が出た。

「まったくですね」

七十郎が頬をゆるめている。疲れた顔に赤みが戻りつつあった。

「うちのは砂糖を惜しんでいないですからね、よそのとは全然ちがうはずですよ」

お田美が胸を張る。

「本当にうまい。あたたまるし、この上ないご馳走だな」

修馬がいうと、もっと召しあがりますか、とお田美がきいた。

「いや、もうけっこうだ」

飲みたそうな顔をしている修馬を制して、勘兵衛はいった。

「これから仕事があるのでな、そうそう長居もしておられぬ」

勘兵衛たちは口々にごちそうさま、といって店を出た。

「七十郎、俺たちに手伝えることがあったら、遠慮なくいってくれ」

「ええ、わかっています」

七十郎が深くうなずく。

「ただ、まだお手伝いをお願いしたくなるほどの手がかりすら今のところないんですよ」

「そうか。七十郎、またそのうち一緒に飲もう」

「また楽松に連れていってください」

七十郎が清吉を見る。

「こいつが行きたくて行きたくてしようがないというものですから」

「あっしをだしにしないでくださいよ。旦那だって、行きたくて仕方ないんでしょうに」

「事件が解決したら、行こう」

「でしたら、それがしはがんばって解決に持ちこみます」

勘兵衛と修馬は、引き続ききこみをするという七十郎たちとわかれた。

「稲葉どのはいいやつだな」

遠ざかる二人を見送って修馬がいった。

「なんだ、今頃」

「町奉行所に置いておくのはもったいない」

「徒目付に引っぱるか」

「いや、やめておこう。災難に遭うのは俺たちだけで十分だろう」

修馬があわてたようにまわりを見る。

「勘兵衛、お頭はいないな」

修馬の失言にいちはやく気づいていた勘兵衛は、近くの気配をすでに探り終えていた。

「大丈夫だ、案ずるな」

「よかった」

勘兵衛と修馬は再び歩きだした。腰村の事件のことはとりあえずあきらめ、市中の見まわりに精だすことにした。

「勘兵衛、さっきの甘酒はうまかったな」

「ああ、とてもな。あのばあさんの人柄が味に出ていたな」

「本当にその通りだ」

修馬がなにかを思いだしたような顔つきになった。

「この前飲んだ茶店の甘酒もうまかったぞ」

なんの話だ、と思ったが、勘兵衛は即座にさとった。

「非番の日のことか。そりゃ、そばに早苗どのがいれば甘酒の味も格別だろう」

「今、なにをしているのかな。会いたいな」

この男は、と勘兵衛は修馬を見つめた。本気で早苗に惚れているのだ。

七

「あなたも習ったらよいのです」

早苗はうしろの安由美にいった。

「私には無理です」

「そんなこと、ありませんよ。私にできるようになったのですから」

「いえ、私はけっこうです」

早苗は足をとめた。安由美がぶつかりそうになり、あわてて立ちどまる。

「どうかしたのですか」

「あなた、柔を習うのをそんなにいやがるのは、腕がたくましくなってしまうとでも考えているからではないですか」

「ちがいますか」

「私をご覧なさい。たくましくなっていますか」

早苗は腕を突きだした。

「なってはいませんね」

「でしたら、怖《おそ》れることなどなにもないではありませぬか」

「腕がたくましくなったりするよりも、私はああいう乱暴なのは性《しょう》に合いません」

「乱暴とはなんですか。柔は礼にはじまり礼に終わるものです」

「でも投げ合ったりするじゃないですか。お嬢さま、稽古《けいこ》が終わったあと、汗くさいですよ」

「なんですって」

「だって本当のことですもの。あんなのでは、殿方が寄ってきません」

「あなたの本音はそれですか。殿方にきらわれるのがいやなのですね」

「それはそうです。私だって、いつかはどこかの殿方にもらっていただきたいですから。もし運命の人に出会えたとしても、汗くさいのせいで愛想を尽かされたら、泣くに泣けません」

早苗は歩きだした。

「あなたのいうことはまちがっています」

「なにがですか」

「汗くささで愛想を尽かす人など、運命の人ではありませぬ」

「そうでしょうか」

「そうです。運命の人というのは、汗くささまでも受け入れてくれる人のことです」

うしろから安由美が早苗をのぞきこむ。

「山内さまはいかがでしょう」

「修馬さまですか」

早苗は面影を目の前に手繰《たぐ》り寄せた。

「あのお方なら、きっと汗くささも受け入れてくれると思います」

「でしたら、山内さまがお嬢さまにとって運命のお方なんですか」

「どうでしょう」

早苗は首をひねった。

「それも今一つぴんときませぬね」

「お嬢さま、今のお言葉を耳にされたら山内さま、卒倒されるかもしれません」

「そんなこと、ありませぬ」

再び早苗は足をとめた。目の前に武家屋敷の門がある。

訪《おとな》いを入れると、なかに通された。

庭の奥に、こぢんまりとした建物がある。半分ひらいた連子窓《れんじまど》から、静かな気合が漏れきこえている。

師匠が一人で稽古をしているにちがいない。

「失礼いたします」

早苗は沓脱《くつぬ》ぎで草履《ぞうり》を脱ぎ、なかにあがった。安由美が続く。

十畳ほどの畳敷きの一間《ひとま》だ。

「早苗さん、いらっしゃい。安由美さんもよく来たわね」

穏やかな声をかけてきたのは八栄《やえ》だ。この屋敷の当主の母親である。歳ははっきりとは知らないが、もう六十をすぎているのは確かだ。

小柄ながら体つきは若々しく、背筋もぴしりとのびている。道着に身を包んだ姿は凛々《りり》しく見える。

「お師匠さま、本日もよろしくお願いいたします」

早苗は畳に正座し、深々と頭を下げた。

「こちらこそよろしくね。早苗さん、さっそく着替えていらっしゃい」

小さな控えの間がしつらえてあり、早苗はそこで着替えをすませた。

道着を身につけると、気持ちが引き締まる。よしやるぞ、という気分になる。

道場に出ると、安由美は隅にぽつねんと座っていた。あなたもやればいいのに、と目顔で語りかけると、滅相もない、といわんばかりに首を振った。

「早苗さん、いやがる人を無理に誘っても仕方ないの。安由美さんは心がやさしすぎて、柔は合わないでしょうね。だからといって早苗さん、あなたがやさしくないということではないのよ」

八栄はにこにこ笑っている。

「あなたは、気性が男まさりということになるのかしら。とてもきれいなその顔が、柔に合っている気がするわ」

柔が性に合っているというのは、早苗もずいぶん前から感じている。技を覚え、それがうまくいったときの快感といったら、ほかにたとえようがない。

口を吸いに迫る修馬を投げ飛ばしているのも、その快感ゆえかもしれない。

「早苗さん、ではじめましょうか」

「よろしくお願いします」

早苗は八栄と向き合った。

今日こそは投げてやる。

早苗は決意を新たに八栄に挑んだ。

いつも投げられているばかりなのは、がっちりと奥襟をつかめないからだ。小柄な八栄はこんにゃくのように体がやわらかく、いつもするりと逃げられてしまう。

今日こそ同じしくじりは犯さない。

八栄は笑みこそ消したが、その顔には余裕の色が浮かんでいる。

八栄をあわてさせ、その余裕の表情とともに思いきり投げ飛ばしたい。いつも投げられているばかりではつまらない。

早苗は突進した。八栄が足払いをかけてきた。それは予期していたから軽やかによけ、まずは腕をつかんだ。

よし、これでとりあえず師匠の動きをとめることができる。

右腕に力をこめ、八栄の体を引きつけようとした。

あっ。いきなり目の前がまわった。ひっくり返されたのだ。天井が見えている。

「どうして」

「早苗さん、立ちなさい」

はい、と早苗は立ちあがった。

「今、どうして投げられたかわかる」

「お師匠さまを引きつけようとして――」

「上体ばかりに力が入って、足許《あしもと》がお留守になったのよ」

「そうか……」

「引きつけようとするのはいいのだけれど、力まかせは駄目よ。足腰も十分につかって隙《すき》を見せないようにしないと」

再び早苗は八栄と向き合った。

「わかりました」

今度こそ、と熱くなることなく慎重に八栄をつかまえにいった。

しかしまたもあっさりと投げられた。ばしん、と腰が畳を激しく叩く。視野の端に、顔をゆがめている安由美の姿がある。

早苗は立った。

「今のは慎重になりすぎて、おなかに大きな隙があったわね」

そうだったのか、と早苗は思った。腰が引き気味だったのだ。そこを狙われて、背負い投げを食らってしまった。

むずかしいなあ、と早苗は思った。当分、八栄を投げるなど無理なのを思い知った。それでも、あきらめるつもりはない。投げられても投げられても歯を食いしばって、八栄にむしゃぶりついていった。投げられるのも稽古だ。

八栄の教え方は常にこうした実戦だ。習い立ての頃は型を教えてくれたが、早苗が受け身などを一通り覚えると、即座に試合の形式を取った。

地味な稽古は実力をつけるためにはいいけれど、それだと長続きしない、というのが八栄の持論だ。稽古は楽しくないと。

こういう教え方は、飽きっぽい早苗にはぴったりだったようだ。

いい汗をかいた。これをくさいという人など、私のほうから願い下げよ。一応、水を含ませた手ぬぐいで腕や胸元、首筋などをふいた。

「お師匠さま、ありがとうございました」

早苗はていねいに礼をいって、道場をあとにした。

「お師匠さまって、すごいですね」

歩きながら安由美がいう。

「本当ね。でも、いつかぶん投げて差しあげたいわ」

「ぶん投げるなんて、お嬢さま、はしたないですよ」

「でもそのくらいの気持ちでないと、お師匠さまを投げることなんて、できそうにないもの」

「お師匠さまは、いつ頃柔をはじめたんでしょう」

「前にきいたわ。子供の頃よ。なんでもお父上に習ったそうよ」

「お父上は達人だったんでしょうね」

「まだご存命だそうよ」

「えっ、本当ですか。だって……」

「九十近くになるそうだけれど、矍鑠《かくしやく》としていらっしゃるって。お師匠さま、いまだに歯が立たないって」

早苗は安由美を連れ、久しぶりに日本橋《にほんばし》に出た。

さすがに日本一の繁華街だけのことはあって、おびただしい人であふれかえっている。小間物屋や瀬戸物屋、呉服屋など、買わないけれど、安由美と一緒に店を冷やかしているのは実に楽しい。

修馬と一緒に食べて以来、すっかり好物になった蕎麦切りで空腹を満たした。早苗はまた十四枚をたいらげた。さすがに安由美はあきれていたし、まわりの客からも好奇の目で見られた。

でも、早苗は気にしない。それだけ食べられるということは、体に悪いところがない証だろう。

今日は昨日にくらべたらまだあたたかな日和《ひより》といえたが、冬のことだけに日暮れは相変わらずはやく、日本橋にいるあいだに夕闇の気配が立ちこめはじめた。太陽は頭上で輝きを放っているが、その光は弱々しい。

おそくならないうちにと、早苗は屋敷へ戻ろうとした。

番町の近くまで戻ってきたとき、妙な眼差しを感じた。この前、修馬と一緒にいるときに覚えたものと同じじゃか。

どうもつけられている感じがする。うしろを振り返って見ても、誰もいない。

どうしよう。

早苗の目に、一軒の茶店が飛びこんできた。大寺の参道脇に建っている。

「ちょっと疲れました。そこで一休みしていきましょう」

「えっ、でもお嬢さま、お屋敷はもうすぐそこですけど」

「いいの、ちょっと喉《のど》が渇いたからお茶が飲みたいの」

早苗は、安由美の背を押すように縁台に座らせた。

「あなた、ここで待っていてね」

「えっ、どこに行くんですか」

「いいから、動かずに待っているのよ」

早苗は安由美を茶店に残し、すばやく裏から抜け出た。

道を大きく迂回《うかい》する形で戻り、さっきまで歩いていた道に出た。

しかし、そこに人影はない。いや、人影はいくらでもあるが、怪しい者の気配は感じられない。

「あら、早苗さん」

声をかけてきたのは美音だった。女の供を一人、連れている。

「ああ、美音さん」

「どうかしたの。お顔が青いような気がするのだけど」

「気のせいかもしれませんけど」

早苗は前置きしてから、感じたばかりの眼差しのことを美音に語った。

八

玄関を入り、式台《しきだい》にあがる。

「お帰りなさいませ」

「ああ、ただいま」

美音が長脇差を抱くように受け取った。なにかいいたげな顔をしている。

「どうかしたか」

「あとでお話しします」

「そうか」

このところ帰りははやいが、勘兵衛はすでに空腹だった。腹の虫が先ほどからずっと抗議の声をあげている。

その音を美音にきかれた。

「先に夕餉《ゆうげ》になさいますか」

「ああ、そうしよう」

勘兵衛は台所脇の部屋に向かった。

「お帰りなさいませ」

お多喜が台所で頭を下げる。

「ただいま。お多喜、腹ぺこだ。はやく食わせてくれ」

「はい、少々お待ちください」

お多喜はかまどで味噌汁をあたためている。いいにおいがしてきて、勘兵衛はたまらなくなった。

「お待ちどおさま」

膳の上にのっている主菜は塩鮭《しおざけ》だ。焼きあがったばかりで、油がじゅくじゅくと音を立てている。あとは梅干しにたくあん、豆腐の味噌汁だ。

満足して夕餉を終え、勘兵衛は風呂に入った。

すっかりあたたまって、勘兵衛は風呂を出た。やはり屋敷内に風呂があるというのはありがたい。

町人たちは風呂を持つことを許されていないから、湯屋に行かなくてはならない。この寒風のなか、遠いところに湯屋がある者なら湯冷めしてしまうにちがいない。

風呂から出ると、美音が夫婦の居室で待っていた。

勘兵衛は襖をあけて、隣の間をのぞいた。

「史奈は寝ているのか」

「はい、寝るのが大好きですから」

勘兵衛は静かに襖を閉じ、畳に腰をおろした。美音が目の前に正座する。

「話というのは」

美音がうなずき、話す。

きき終えて勘兵衛は顔をしかめた。

「早苗どのがつけられている」

「ええ、なにかいやな眼差しを感じたと」

「それが二度目だというのだな」

「はい、早苗さんがおっしゃるには」

「一度目は修馬との逢い引きのときか」

「山内さまはそのことについて、なにかおっしゃっていましたか」

「いや、なにも」

勘兵衛は考えこんだ。

「明日、早苗どのは出かけるのだろうか」

「はい、明日も柔の稽古に行くと」

「そうか、わかった」

修馬が唇を嚙む。

「どうした」

「いや、逢い引きのとき、早苗どの、なにかを気にした瞬間が確かにあったんだ。俺はきいたが、早苗どのはなんでもありませんとしかいわなかった。俺がそのときその眼差しに気づいていれば」

辻番所《つじばんしょ》のなかで勘兵衛は首を振った。

「別にまだ早苗どのに危害が加えられたわけではない。手遅れというわけではないのだから、気に病む必要などない」

「しかし、おなごの早苗どのが気づいて俺が気づかぬというのは恥ずかしい」

「早苗どのが気づいたのは、眼差しが自分に向けられていたからだ。もしその場に俺がいたとしても、気づかなかっただろう」

「そういってもらえると、気が楽になる」

「とにかく、俺たちの手でその眼差しの主をつかまえればすむことだ」

修馬が手に唾を吐きかけた。

「必ずとっつかまえてやる。——しかし寒いな、勘兵衛」

今朝は一段と冷えた。

「まだ春は遠いということかな」

「そうでもあるまい。陽射しは一頃にくらべたら、ずいぶん明るくなってきているぞ」

番町の辻番所に勘兵衛と修馬はいる。そこから早苗の宮寺《みやでら》屋敷を見つめていた。早苗のことはすでに朝一番に麟蔵に話し、警固につくことは許しをもらっている。

「おっ、門があいた」

修馬がつぶやき、身を乗りだした。

出てきたのは早苗と安由美という女中だ。二人は足早に歩きだした。

「行くか、勘兵衛」

「いや、もう少し待て」

「ああ、そうか。つけている者がいるかどうか、確かめねばならぬか」

勘兵衛と修馬は、早苗たちが遠ざかるのをじっと待った。

二町（約二百十八メートル）近く離れ、早苗たちが見えなくなりそうになった。

「これ以上離れては危険だな。よし、修馬、行こう」

早苗には警固につくことは話していない。勘兵衛と修馬は小走りになった。

往きは早苗をつける者の姿などなく、早苗と安由美はなにごともなく市ヶ谷の旗本《はたもと》屋敷に入っていった。

「こんなところで柔の稽古をしているのか」

修馬が不思議そうにいった。

「なんでも、旗本の当主の母親がお師匠さんらしいぞ」

これは美音からきいたのだ。

一刻《いっとき》（約二時間）ほどで二人は門外に出てきた。

昨日は日本橋のほうに行ったらしいが、今日はおとなしく屋敷に帰るつもりのようだ。

早苗と安由美は歩きだした。二人をつける者は勘兵衛たち以外にない。

「今日はつけるつもりはないのか」

修馬がいまいましげにいう。

「出てこぬとは許せぬな」

「それか、俺たちの気配をさとったか」

「それはまずいではないか」

「まずくないさ。俺たちが警固しているのを見せつければ、眼差しの主も早苗どのにつきまとうのをあきらめるかもしれぬ」

「なるほど」

そのあいだも早苗たちは歩を進め、番町に入った。

宮寺屋敷まであと半町（約五十四・五メートル）もない。

宮寺屋敷の前に、ぽつんと人影が立っている。

「――勘兵衛」

「ああ」

勘兵衛と修馬は走りだした。

人影は早苗たちに近づいてゆく。

勘兵衛は人影と早苗たちのあいだに入りこんだ。

「あっ、修馬さま、久岡さま」

早苗が目を丸くしている。

「どうされたのですか」

「美音から話をきいたんだ」

勘兵衛は説明した。

「ああ、そうだったのですか」

早苗の眼差しが、目の前にやってきた男に当てられる。

勘兵衛も見つめた。修馬は威圧するようににらみつけている。

男は浪人らしい身なりをしている。どうしてそんな目で見られなければならないのか、わからないという顔をしていた。

「きさま、何者だ」

修馬が声を荒らげる。

「なんだ、いきなり」

浪人は面食らっている。

「あんたらこそ何者だ」

「浪人だな。どうして番町にいる」

「いて悪いのか」

「どうしてここにいるかたずねている」

「用事があるからだ」

「なんの」

「おぬしにいう必要はあるまい」

「誰に用事だ」

浪人が早苗を見つめた。

「早苗どのか」

早苗は戸惑った顔をしている。

「いったいなんの用だ。つきまとう必要があるのか」

「つきまとうだと。なにをいっている」

「とぼけるな。昨日も早苗どのをつけまわしていただろうが」

「しておらぬ」

「勘兵衛、どうする」

どうも話が嚙み合わない。それにこの男、つきまとうなどという陰湿さは似合わない涼やかな瞳をしている。

「城中に引っぱるか」

浪人が意外そうにする。

「俺を城に連れていくというのか」

「来い」

修馬が浪人の肩をつかもうとした。浪人はするりとかわした。

「きさま」

「ちょっと待て。どうしてそんな真似をする。おぬしらは何者だ」

「徒目付だ」

修馬が肩を怒らせて告げた。

「徒目付だと。どうして俺が徒目付に引っぱられなきゃならんのだ」

「早苗どのにつきまとっているからだ」

「会うのは今日がはじめてだ」

「嘘をつけ」

修馬は、今度は袖《そで》を引っぱろうとした。それをかわされた。

「きさま」

修馬が長脇差に手を置いた。

「なんだ、やる気なのか。やるなら、相手をするぞ」

浪人が腰を落とす。

勘兵衛は瞠目《どうもく》した。できる。

「修馬、よせ」

勘兵衛は修馬の前に立った。腰を沈め、鯉口を切る。

「ほう、あんた、できるなあ」

浪人が感心したようにいう。

「久しぶりにやり甲斐《がい》のある相手だな」

瞳に炎が宿ったのが見えたが、この浪人の剣はいかにもまっすぐそうだ。

「おぬし、ちがうな。早苗どのにつきまとっている男ではない」

「さっきからそう申している」

「勘兵衛、そうなのか」

「ああ」

勘兵衛は長脇差を鞘に戻し、あらためてわけをたずねた。

「早苗どのに話をききたいだけだ」

「どうして早苗どのに話をききたいんだ」

修馬がとがった口調でいう。

「人捜しだ。一造《いちぞう》という男を知っているかどうかをききたい」

「その一造という男は、なにをした」

「侍の知ったことじゃない」

「おぬしも侍だろうが」

「あるじ持ちの侍、という意味だ」

にこりとする。その笑顔には人を惹くものがあった。

「おぬし、生まれたときからずっと浪人か」

「そうは見えぬか。俺はさる大名の落胤《らくいん》なんだ」

浪人がにっと笑った。

浪人は早苗に目を向けた。

「早苗どの、一造という男を知っているか」

「いえ、存じあげません」

「そうか。ありがとう」

浪人が一礼して、立ち去ろうとする。

「俺は久岡勘兵衛という。おぬしは」

浪人が足をとめた。

「里村半九郎《さとむらはんくろう》」

にやりと笑いかけてきた。

「おぬしとはまた会うかもしれぬな」

浪人がすたすたと歩きだす。あっという間に姿は見えなくなった。

「おい、汗をかいてるぞ」

修馬が勘兵衛を見て、驚く。

勘兵衛は額に浮き出た汗を、手の甲でぬぐった。

「それだけの腕だ。飄々《ひょうひょう》としているが、やり合わずにすんで心からよかったと思う」

九

震えがとまらない。

玄助《げんすけ》は膝を抱き、なんとかとめようとするが、寒さがひどくて駄目だ。

「火をつけるか」

直八がきく。

「そのほうがいいな。耐えられん」

夏吉《なつきち》が身を震わせていった。

「もう日が暮れただろうから、煙をだしても大丈夫だろう」

「そうだな」

竹次《たけじ》がかまどに薪《まき》を入れ、火をつけた。

火が大きくなって、徐々に家のなかがあたたかくなってゆく。

もともと壁が崩れ落ちかけ、天井も今にも落ちそうに見えるような廃屋も同然の家で、隙間だらけだが、やはり火があるのとないのとでは大きくちがう。

玄助は震えがおさまってきたのがわかった。

「ほっとするな」

直八が安堵《あんど》の色を頬に浮かべていう。

「直八、腹が減った。せんべいはないのか」

夏吉が腹を押さえてきく。

「持っているはずがないだろう」

「そりゃそうだな」

「酒はあるぞ」

竹次がいった。

「本当か」

「ああ、この前、みんなで集まったとき、飲み残したのがまだある」

「そりゃありがたい」

竹次が台所脇にある、崩れかけた棚をごそごそやった。

「ほら、あった」

大徳利を誇らしげに掲げる。

「よし、飲もう」

玄助は四つの湯飲みを用意した。

大徳利が傾けられ、湯飲みに酒が満たされた。

「うまそうだな」

「この前、全部、飲みきらなかったというのは奇跡だな」

「まったくだ」

四人はいっせいに口をつけた。十八と十七が二人ずつだが、酒はもっと小さなときから飲んでおり、慣れたものだ。

「うまい」

「まったくだ」

「生き返る」

四人は口々にいった。

だがすぐに酒は尽きた。一人、二杯もないくらいだった。

「なんだよ、もうおしまいか」

直八が残念そうな表情になる。

「誰か買ってこいよ」

そういって夏吉が他の三人を見渡す。

「外には出られないよ」

玄助はあらがうように口にした。

「あの役人、死んだらしいぞ」

「それはもうきいたよ」

「あんなことして、俺たち、どうなるんだ」

四人はうつむくしかない。明らかにやりすぎたのだ。

あの町方役人を責めたが、なにも得られなかった。吐かなかった。

役人をかどわかし、責めるという思いきったことをしたにもかかわらず、手に入れたものはなにもなかった。

「あの腰村という役人、もしかしたら関係なかったんじゃないのか」

竹次が力なげにいう。

夏吉が昂然《こうぜん》と顔をあげた。

「そんなこと、あってたまるか」

「だがなにもしゃべらなかったってことは、関係してなかったからじゃないのかな」

「そんなことはない」

夏吉が竹次の弱気をたしなめるように首を振る。

「あの役人は関係していたさ」

強気だなあ、と玄助は思った。夏吉は昔からそうだ。

「もうあきらめよう」

竹次がぽつりと口にした。

「俺たち、このままじゃ獄門《ごくもん》だ」

「獄門だって」

夏吉が意外そうな声をあげる。

「だって、そうだろ。町方役人を殺しちまったんだから」

「どうしよう」

竹次が膝を抱える。

「俺たち、どこにも行けないよ。ずっとこの家に隠れているしかないよ。町方は血眼《ちまなこ》で俺たちのこと、捜しているよ」

「そんなことねえよ。俺たちは顔を隠していたんだから、誰にも見られていない」

「しかし、俺たちがあの役人をつけ狙っていたことを調べあげるのとちがうのかな」

「そんな力が町方にあるものか」

夏吉がむきになっていう。

「でも、仲間が殺されたら、町方は本気になるさ。草の根わけても、下手人を捜すに決まっている」

薪が尽きた。かまどから急速に明るさとあたたかみが失《う》せてゆく。

雨戸は閉めたきりだ。

「行灯《あんどん》をつけよう」

玄助はいって、かまどの最後の火を紙に移し、行灯に火を入れた。

「じき行灯も消えちまう」

重苦しい空気が部屋に立ちこめた。

「もう寝よう」

竹次が玄助たちを見る。

「布団もないのにか」

「昨日だって布団はなかったけど、ちゃんと眠れたじゃないか」

四人で体を寄せ合って眠ったのだ。

「よし、そうするか」

夏吉が同意した。

寝てしまえば、明日の朝起きたとき、すべては夢だったということになっているのではないだろうか。

第二章

一

またもや殺しだった。

腰村弥兵衛の一件はまだなんの手がかりも得られていないのに、新たな死人が出たとの急報があったのだ。

小石川橋戸町《はしどちょう》の自身番からだ。

稲葉七十郎は中間の清吉とともに、朝日を浴びつつ急行した。

殺しなのに惨劇の場となった家に向かったのは、七十郎たちだけだ。ほかの同心や中間、小者、岡っ引は腰村弥兵衛殺しの探索にかかりきりになっている。

「ここか」

家は、小石川橋戸町の隅のほうに建っている。西側は田が広がり、すぐそばを小石川が流れている。

ほとんど崩れかけているといっていい家だ。空き家だろう。

野次馬が集まり、騒いでいる。七十郎は清吉の先導で、家に足を踏み入れた。

「こいつはひどいな」

七十郎は思わずつぶやいた。

男がすり切れた畳の上にうつぶせて、横顔を見せている。目はあいている。いかにも無念そうに見える。

袈裟に斬られているようだ。血が体に沿うように池になっていた。

七十郎はしゃがみこみ、男の顔を見た。

「若いな」

清吉がうしろからのぞきこむ。

「いくつくらいですかい」

「まだ二十歳にはなっておらぬな」

こういう将来のある若者が殺されると、特に胸が痛む。

「町人ですね」

「そのようだ。どうやら一刀のもとに殺されたらしい」

「殺したのは遣い手なんですかね」

「おそらくな」

七十郎は立ちあがり、家のなかを見渡した。

かなり広い家だが、空き家だから家財はなにもない。ただ、なかはめちゃくちゃになっている。

乱闘の跡にしか見えない。

いくつかの湯飲みが転がり、大徳利は壁際で割れている。行灯も倒れているが、燃えてはいない。どうやら倒れたときには灯油《ともしあぶら》が切れていたか、すでに消されていたようだ。

七十郎は湯飲みを数えた。

「四つか」

「ここに四人いたということですかね」

「それが自然だろうな」

とにかく、目の前の若者はここで酒を飲んでいたところを殺されたようだ。

これはどう見るべきか。

四人の若者がこの廃屋も同然の家に入りこみ、酒を食らっていた。そのうち酔って口論となり、喧嘩《けんか》へとつながった。

それだと、遣い手に斬殺《ざんさつ》されたというのはおかしい。

四人で酒を飲んでいるところを、誰かに襲われたのか。

そちらのほうが考えやすい。

あとの三人は夜陰に紛れて逃げたのではないか。あるいは、別の場所で死骸が見つかるかもしれない。

七十郎は町《ちょう》役人を呼び、死骸の顔を見てもらった。

「見覚えはあるか」

白髪《しらが》頭だが、剃《そ》った月代《さかやき》がまぶしいくらいの町役人はかぶりを振った。

「いえ、手前は存じません」

「この男は、この町内の者でないと考えていいか」

「よろしいと存じます。もともとここ橋戸町は小さな町です。手前はすべての者を知っていますから」

「どうしてここに入りこんだのかな」

「ずっと空き家ですからね。若者が入りこんで酒を飲むというのも、そんなに珍しいことではないと思いますよ。ときおり、怪しげな男女も入りこんでいたようですし」

なるほど、と七十郎は思った。出合《であい》茶屋代わりにつかっていたということか。

人相書《にんそうがき》の達者の同心が呼ばれ、死骸の顔を描きはじめた。

二枚を描き、一枚を七十郎に手渡した。

「ありがとうございます」

七十郎が礼をいうと、人相書の達者は帰っていった。

七十郎は人相書と死骸を見くらべた。さすがによく描けている。死骸の男を見知っている者なら、すぐにそうとわかるだろう。

その後、検死医師の紹徳が姿を見せた。いつものように小者を一人連れている。

「こちらです」

七十郎は手招いた。

「また殺しですか」

殺された死骸の検死を続けざまにすることに、紹徳は衝撃を受けているようだ。

「腰村さんのほうはいかがです」

七十郎は苦い顔になったのを自分でも感じた。

「きいてはまずかったようですな」

「いえ、そういうこともありませぬが、さしたる進展はありませぬ」

「さようですか」

紹徳がしゃがみ、検死をはじめた。

死骸をひっくり返したりして、詳しく調べている。

「死因はこの袈裟の傷です。すさまじいものですよ。これは相当の遣い手によるものでしょうな」

やはりそうか、と七十郎は思った。清吉も無言でうなずいている。

「殺されたのは、昨夜の五つから八つくらいではないか、と思います。腰村さんのときも同じ刻限をいいましたね」

確かにその通りだ。もしや、この殺しは腰村の死となんらかの関《かか》わりがあるのだろうか。

いや、先走って考えることはない。検死医師はだいたい似たような刻限をいうものと相場が決まっている。

とにかく、と七十郎は思った。今すべきことは死骸の身元調べだ。

二

「勘兵衛、腹が減ったな」

城内の見まわりのあと、いつものように勘兵衛と修馬は市中に出た。

「もう昼をすぎたからな、当然だろう」

今日は日和がいい。いっときの厳しい冷えこみは峠を越したようで、風も切りつける ような冷たさをはらんでおらず、どことなく体をほんわかと包みこんでくれるようなやわらかさがある。

「なんだ、いつ昼をすぎたんだ」

「さっき九つ（正午）の鐘が鳴ったではないか」

「きき漏らした」

「そんなので、よく徒目付がつとまるな」

「つとまっているとは思っておらぬ。勘兵衛がいてくれるおかげで、なんとかなっているという感じしか俺にはない」

「ずいぶん謙虚ではないか」

「これは謙遜《けんそん》などではないぞ。俺は勘兵衛に感謝しているんだ」

「だったら、昼飯をおごってくれ」

力が抜けたように修馬が首を振る。

「感謝しているといったそばからそんなせこい言葉を口にするのか」

「おごってくれぬのか」

「まあいい、たまにはよかろう」

修馬があたりを見まわす。

「勘兵衛、なにが食べたいんだ」

「そいつはおごるほうにまかせるよ」

「蕎麦切りでいいか」

「ああ」

「このあたりにいい店はあるかな」

勘兵衛たちがいるのは、日本橋近くだ。ここからなら、すぐに南町奉行所に行けるという考えからだ。

「よくは知らぬが、いい店はいくらでもあるのではないか」

「勘兵衛、こういうときは表通りではなく裏通りで探すべきだな。あまり人通りがないところでひっそりと営んでいる店ほど、うまいに決まっているんだ」

勘兵衛と修馬は二人して、裏通りに入ってみた。

すぐに蕎麦屋は見つかった。うらぶれた感じがする。

「勘兵衛、ここでいいか」

「修馬、おぬしの感触ではどうだ」

「うん、うまいと思う」

「なら、入ろう」

二人は暖簾を払い、戸をあけた。

「いったいどこがうまいんだ」

店を出た勘兵衛はしばらく歩いてからいった。

「勘兵衛、怒るな。腹が立っているのは俺も同じだ」

修馬がいまいましげに地面を蹴《け》る。土煙があがり、風にさらわれてゆく。

「戸をあけた瞬間、誰一人として客がいないからいやな予感はしたんだ。久しぶりにとんでもない店に当たってしまったよ」

ひどい店だった。蕎麦切りはぼそぼそで香りも腰もなく、つゆはだしがとられているのかすらもはっきりとしなかった。醤油の辛さだけが舌に残った。

「修馬、おぬしは二度とおごらんでいい」

「どういう意味だ」

「修馬が人におごろうなどという気を起こすから、あんな店に当たってしまうんだ」

「俺のせいではなかろう」

「いや、修馬のせいだ」

口から泡を飛ばすようにして口論しながら歩く二人の侍を目にして、町人たちが珍しいものでも見るかのような眼差しを送ってくる。

それに気づいて、勘兵衛は口を閉じた。

「しかし勘兵衛、どうしてあんな店が商売をやっていられるんだ」

「そんなのは考えるまでもない。修馬のような甘い客を取りこんでいるんだよ」

「勘兵衛、おぬし、しつこいな」

「しつこいんじゃない。こと食べ物に関しては、執念深いんだ」

「だったら勘兵衛、明日の昼飯はおぬしが店を見つけろ。ただし知っている店は駄目だぞ。知らぬ店で、ここぞという店に入ってみようではないか。勘兵衛の鼻がどこまできくか、試してやる」

「よかろう、望むところだ」

そんなことをいい合っているうちに、南町奉行所に着いた。

定町廻り同心の詰所に行ったが、無人だった。

詰所づきの小者に勘兵衛は、七十郎がどこに行ったかたずねた。

「それがまた、殺された男の死骸が見つかり、稲葉さまはそちらに向かわれました。早朝のことですので、すでに探索をはじめていらっしゃると思います」

「殺されたのはまた役人ではあるまいな」

「いえ、見つかったのは若者の死骸だそうです」

「若者だと。いくつくらいだ」

「それは存じません」

場所をきき、勘兵衛は修馬とともに歩きはじめた。

「勘兵衛、小石川橋戸町というのはどこにあるんだ」

「俺も知らぬ。小石川に行けば、きっとわかるだろう」

「徒目付としてあまりにいい加減としか思えぬが、仕方なかろう」

二人は歩き続けた。

人にきいて、ようやく小石川橋戸町にたどりついた。南町奉行所を出て、一刻近くたっていた。

惨劇のあった家に行く気だったが、すでに死骸は自身番の土間に移されていた。

「あっ」

筵をはいだ修馬が声をあげた。

「どうした、知っている者か」

「嘘だろう」

修馬は呆然《ぼうぜん》としている。

「どうして……」

「修馬、どうしたんだ」

修馬が顔を向けてきた。

「こいつは直八だ」

「知り合いか」

「……ああ」

「直八といったな。どういう知り合いだ」

「この前、顔を見たばかりなんだ」

「顔見知りということか」

「いや、ちがう」

「修馬、しっかりしろ」

「ああ、すまぬ」

修馬が首を振り、しゃきっとする。

「お美枝のところにいたんだ」

「それは、本八屋《ほんはち》に世話になっていたということか」

本八屋というのは金貸しだった。あるじは八郎左衛門《はちろうざえもん》といい、修馬の許嫁だったお美枝の父親と友人だった関係から、お美枝の面倒をずっと見ていた。お美枝の母親はとうに亡く、父親は失踪《しっそう》していたのだ。

最初はその家に住んでいたのは、幼かったお美枝だけだったが、だんだんと似たような境遇の孤児が集まってきた。

直八もその一人だったと修馬はいうのだ。

「この前、会ったばかりなんだ」

「いつのことだ」

「非番の日だ。早苗どのと茶店で甘酒を飲んでいるとき、前を通りかかった」

「話をしたのか」

「もちろん」

「そのとき、なにか変わった様子は見えなかったか」

修馬が考えこむ。

「変わったことかどうかわからぬが、どうも元気がないように見えた」

「その理由をきいたか」

「きいた。だが、直八は答えなかった」

修馬が直八の亡骸《なきがら》に目を当てる。

「元気になってくれるよう、せんべいを全部買ったんだ」

「直八はせんべい売りか」

「うまいせんべいだった」

「直八は自分で焼いていたのか」

修馬がぼんやりと見あげてきた。

「どうしてそんなことをきく」

「せんべいをどこからか仕入れていたのなら、その店の者に話をきくことができるだろう」

「ああ、そういうことか」

修馬が再び考えこむ。

「自分で焼いて売っていたとは思えぬな。直八にあれだけうまいせんべいを焼く技があるはずがない」

「直八はいくつだ」

修馬の目はかすかに濡れている。

「まだ十八のはずだ。死ぬのには、あまりにはやすぎるぞ」

三

勘兵衛の背後で人の気配がした。

「おう、七十郎」

ちょうど七十郎が、中間の清吉とともに自身番に入ってきたところだった。

「あれ、久岡さん。ああ、山内さんも。——どうしてこちらに」

「また殺しがあったというから、来てみたんだ」

七十郎が修馬に目をとめた。

「泣いていらっしゃるんですか」

修馬が涙を指でぬぐい取る。

勘兵衛はどういうことか説明した。

「この仏は、直八というんですか」

勘兵衛は、直八がもともとお美枝のところで世話になっていたことも話した。

七十郎は、お美枝が修馬の許嫁だったことも、殺されたことも知っている。

お美枝を殺した下手人はとうに捕縛している。すでに刑に処された。

「今、お美枝さんの家は確か、ほかの者が見ていますね」

修馬がうなずく。

「益太郎《ますたろう》とお路《みち》という夫婦者が子供たちの面倒を見ている。本八屋からの援助はしっかりと続いているようだ」

本八屋のあるじだった八郎左衛門も殺されてしまい、その下手人もつかまったが、幸いにも店を引き継いでいる番頭《ばんとう》や手代《てだい》が八郎左衛門の遺志を継いで、益太郎たちを守《も》り立ててくれているのだ。

「七十郎、ききたいことがある」

勘兵衛がいうと、なんなりと、と七十郎は顎を引いた。

「この遺骸を見ると、かなりの手練《てだれ》に殺《や》られたように見える。検死医師も同じ意見か」

「ええ、相当の遣い手とのことでした」

勘兵衛は、いつ頃殺害されたか、さらに家のなかがどういう状況だったかきいた。

七十郎はすらすらと答えた。

「そうか、そんなにひどかったのか」

「ええ、あと三人はいたのはまずまちがいありませぬ。それがしは四人で酒を飲んでいる最中いきなり襲われ、あとの三人は泡を食って逃げだしたと見ているのですが」

「なるほど」

勘兵衛は修馬を見た。

「修馬、直八と仲のよかった者を知らぬか」

その問いを修馬は予期していたようだ。

「生前のお美枝からきいているのは、玄助だな」

「その玄助は、今も益太郎たちの世話になっているのか」

「いや、とうに出た」

「住みかを知っているか」

「いや、知らぬ」

「益太郎なら、知っているかな」

「おそらく」

勘兵衛と修馬は、七十郎たちと一緒に道を歩きはじめた。

道を急ぎ足で行き、小日向松枝町にやってきた。

この町に益太郎、お路がみなしごや親に捨てられた子供たちの世話をしている家がある。

相変わらず小さな町で、南側は田畑が広がっている。のどかな光景で、しゃがみこむようにして手を動かしている百姓衆の姿が散見できた。

「それがしたちはこちらで待っています」

いきなり黒羽織が入ってゆくことで、子供たちを驚かせることを、七十郎は避けたいようだ。

枝折戸《しおりど》をあけ、勘兵衛たちは庭に入った。

障子《しょうじ》は閉めきられている。なかから手習《てならい》の声がきこえる。ここで暮らしている子供たちは手習所には行かず、この場で学んでいるのだ。

「あれ、前からそうだったかな」

修馬がつぶやく。

「なんのことだ」

「いや、前は手習所に通っていたような気がするんだが」

「そうか」

庭のまんなかにたたずんで、修馬が勘兵衛を見る。

「どうする」

「終わるのを待つしかないな」

「そうだな。邪魔をしては悪い」

修馬が耳を傾けはじめた。

「『江戸方角《えどほうがく》』だな」

「そのようだ」

江戸方角というのは、字を覚えられると同時に、江戸の地名も学べるものだ。

「勘兵衛、俺たちも一から習わんと駄目かもしれぬな」

「ああ、小石川橋戸町がどこにあるのかわからぬようでは、徒目付として失格だ」

「それにしても、誰が教えているんだろう」

修馬が首をひねる。

部屋から、手習師匠らしい者の声はきこえてこない。

「修馬、待っていれば答えは出るよ」

「そうだな」

勘兵衛たちは濡縁《ぬれえん》に静かに腰かけた。

それから四半刻ほどして、手習が終わったようで、机を片づける音がきこえてきた。

「机まで用意してあるのか」

修馬が驚いたように口にした。

「たいしたものだな」

からりと障子があいた。

「あっ、修馬のお兄ちゃん」

「おう、進吉《しんきち》、元気だったか」

「うん、なんとかね。頭の大きなおじさんもいらっしゃい」

「進吉、頭の大きなおじさんではないと何度も教えているだろうが。久岡勘兵衛という立派な名があるんだ」

「勘兵衛のおじさん、いらっしゃい」

「ああ、こんにちは」

ほかの子供たちもぞろぞろ出てきて、修馬のまわりに集まった。相変わらず子供には人気がある。

「誰がお師匠さんなんだ」

修馬がなかをのぞきこむ。勘兵衛も見た。

そこにいたのは若い娘だった。

「その娘さんがお師匠さんなのか」

「うん、お久実《くみ》さんだよ」

娘が立ちあがり、敷居際《しきいぎわ》に正座した。深く頭を下げる。

「久実ともうします。どうぞ、お見知り置きを」

「ああ、こちらこそ」

修馬が名乗り、勘兵衛も続いた。子供たちに話をききに来た以上、身分を明かさないわけにもいかず、修馬が告げた。

「御徒目付さまですか」

お久実という手習師匠は、珍しい生き物を見るような目をした。それは決していやみではなく、はじめて会ったことからくる、好奇の心のあらわれだった。

聡明そうな黒目が生き生きとし、鼻が高い。肌もつやつやとしていて、いかにも若さがみなぎっている。

「お久実さんはここで暮らしているわけではないんだろう」

修馬がきく。

「はい、近所の者です」

「どうして手習師匠を」

「ここの子供たちが通っていた手習所のお師匠さんが、つい先日、病で亡くなってしまったんです。お師匠さん、独り身だったので跡を継ぐ人もなく、私も家の手伝いをしているだけではつまらないものですから、こうして子供たちに教えに来ているんです」

「じゃあ、机はもともとその手習所にあったものなんだな」

「はい。もちろん黙って持ってきたわけではありません。生前、病気がちだったお師匠さんの家財などのことをまかされていた大家さんが、持っていってもいいよ、といってくださったものですから」

「家の手伝いといったけど、なにか商売でもしているのかな」

「ええ、畳屋です」

「お師匠さん、すごいんだよ。自分で畳、つくっちゃうんだから」

横から進吉がいった。

「いえ、それは大袈裟《おおげさ》すぎます。私がしているのは、仕入れとか帳簿の類がほとんどですから」

このまま放《ほう》っておくと、修馬はいつまでもお久実と話をしかねない。勘兵衛は修馬の袖を引いた。

「ああ、そうだったな。――お久実さん、ありがとう。話ができてとても楽しかった」

お久実が一礼し、立ちあがる。沓脱ぎで草履を履き、子供たちに、じゃあまたね、といって枝折戸を出ていった。子供たちも、また明日ね、といって手を振っている。

「感じのいい人だな」

修馬がつぶやく。

「ね、きれいでしょ」

進吉がいう。

「お美枝ねえちゃんに似てるよね」

「そうなのか」

勘兵衛は修馬にただした。

「話しながら、そう感じた」

勘兵衛は修馬の顔をまじまじと見た。

「惚れたのか」

「たわけたことをいうな。俺には――」

そこで言葉をとめ、修馬は大仰《おおぎょう》に咳払《せきばら》いした。子供たちを見まわし、まじめな顔をつくる。益太郎とお路がどこに行ったか、きいた。二人して買い物に出ているとのことだ。

考えてみれば、十数名の子供たちを食べさせるだけの食い物を用意しなければならない。買い物だけとっても楽ではあるまい。

修馬がまた咳払いした。

「悲しい知らせがある」

悲しい、という言葉に子供たちが敏感に顔色を変える。十数人の子供の視線が修馬に注がれる。

修馬が静かに告げた。

ええっ、と子供たちがどよめく。

「本当なの。本当に直八兄ちゃん、死んじゃったの」

「本当だ」

子供たちがいっせいに泣きだした。勘兵衛たちは黙って見守っているしかない。

風が流れ、雲が動いてゆく。庭木の梢《こずえ》がさらさらと鳴る。どこからかひばりの鳴き声がきこえた気がした。

勘ちがいだったのだろうか。勘兵衛はそんなことを考えた。

「修馬のお兄ちゃん、そのことをおいらたちに伝えに来たの」

進吉が涙をぬぐってきく。

「それもある。直八のことについて、話もききたくてな」

「死んだって、まさか殺されたんじゃないだろうね」

「殺されたんだ」

短く答える。

「みんな、俺は直八の仇《かたき》を討つつもりでいる。直八のことならなんでもいい、知っていることを教えてほしい」

　直八と一番親しかったのは玄助であるのが、まずはっきりした。

「二人は同じ村の出だから」

「どこの村だ」

「どこか上州《じょうしゅう》だか野州《やしゅう》だったようなことを前にいっていたけど」

　とにかく直八と玄助は一緒にこの家にやってきたのだ。そのことを、古くからこの家にいる子供が覚えていた。

　それが六年くらい前のことだそうだ。

「どうして二人は故郷を離れたのかな」

「暮らしが貧しくて、といっていたよ」

　珍しい話ではない。江戸には食い物があふれているが、地方に行けばその日の食事にもこと欠く村はいくらでもあるときく。

「直八と玄助は、二人で江戸にやってきたのかな」

　直八の死んでいた家に四人ほどがいたのではないか、との七十郎の言を思いだして、勘兵衛は子供たちにたずねた。

「ううん、ちがうと思う」

　一人の年かさの子がいった。

「その三人がどこにいるか、おまえたち、知らぬか」

「よく知らないけど、多分、別のところに行ったんだと思う」

「もう一人は」

「そのうちの玄助兄ちゃんと直八兄ちゃんがここに来て、別の二人はほかに行ったらしいよ」

「五人か」

「五人だったらしいよ」

誰も知らなかった。

そのあいだに益太郎とお路の二人も帰ってきた。直八の死をきかされるとさすがに呆然としたが、二人ともほかの三人がどこにいるのかは知らなかった。

ただ、子供たちの話から、直八たちは、同じ村の三人とよく会っていたらしいのだけはわかった。

「直八と玄助は、一緒にこの家を出たのか」

「さようです」

「どうして出ていった。その頃、二人はまだ十五だ。働いている子供はいくらでもいるから出てもかまわなかっただろうが、まだはやい気がせぬか」

「おいらたちもそう思ったよ」

子供たちが口をそろえた。

つまり、と勘兵衛は思った。三年前、なにかきっかけがあって二人は出ていったのか。

それがなにかきいてみたが、やはり子供たちは知らない。

「お美枝姉ちゃんなら、知っていたかもしれないけど……」

進吉がいったが、それは望むべくもない。

「この家を出ていったあと、直八はよく来ていたんだな」

勘兵衛はたずねた。修馬も、そのとき直八と知り合ったようなのだ。

「うん、よくおせんべいを差し入れてくれたよ」

「そのせんべい屋がどこか知っているか」

修馬がきくと、益太郎が深くうなずいた。

「あっしはきいてます」

四

「七十郎、待たせた」

勘兵衛たちが戻ってきた。確かにずいぶん長く待った。半刻（約一時間）ほどか。

「益太郎は直八の仕入れ先だけでなく、玄助の居どころも知っていた。七十郎、どっちがいい」

勘兵衛にいわれ、七十郎は迷うことなく仕入れ先を選んだ。やはり殺された者にじかにつながるほうをなんとしても調べたい。

「わかった。俺たちは玄助のことを調べる。なにかわかったら、必ず伝える」

「それがしも必ず」

直八の仕入れ先をきいた七十郎は礼をいって勘兵衛たちとわかれ、清吉とともに歩きだした。

せんべい屋は本郷《ほんごう》六丁目にあった。目の前に加賀前田《かがまえだ》家百万石の広大な上屋敷がある。前田家にもせんべいをおさめ入れているのかもしれぬな、と七十郎は思った。

潮《うしお》屋という小さな店で、醬油のこげる香ばしいにおいが店先に漂っている。戸はあけ放たれており、七十郎がなかをのぞくと、あがり框《がまち》の向こうの八畳ほどの板敷きの間に職人が四人ほど座りこんで、大きめの七輪でせんべいを焼いていた。

そのひっくり返す手際のよさに、一瞬見とれた。

「ごめんよ」

七十郎は土間に立った。

「ああ、これはお役人」

一番奥にいた職人の一人が金網からせんべいをすべておろしてから立ちあがり、目の前にやってきた。静かに正座する。

「直八という男を知っているな」

「はい。うちのせんべいをたくさん売ってくれています」

「直八は死んだ」

「ええっ」

男が絶句した。ほかの職人も手をとめ、信じられない言葉を耳にしたとでもいうように、七十郎をじっと見ている。

せんべいのこげるにおいがしてきた。職人たちがあわててひっくり返したが、ほとんどが駄目になってしまったようだ。

「本当なのですか」

「ああ、まちがいない」

男がつめていた息を思いだしたように吐きだした。

「どうして死んだのです。確か、まだ十八の若さだったはずですが」

「殺されたんだ」

「誰に。――それを今、お調べになっているのでございますね」

「そういうことだ」

「ああ、こちらにおかけください」

七十郎はせまい式台に腰をおろした。清吉は律儀に立ったままだ。

「今、お茶をお持ちします」

「いや、けっこうだ。気をつかわんでくれ」

「さようですか」

男が座り直す。背後の職人に目配せし、茶を持ってくるように命じたのがわかった。

「あるじだな」

「さようでございます。亮蔵《りようぞう》と申します。どうか、お見知り置きを」

七十郎は名乗り返した。

「ここ最近、直八に会ったか」

「三日ほど顔を見ませんでした。毎日来るのに、どうしたのだろう、と店の者と話していました」

「三日も来なかったというのは、珍しいのだな」

「はい。うちのせんべいを売りはじめてから、はじめてではないかと存じます」

「せんべいを食べさせてもらえるか」

「はい、どうぞ」

左手にある木の箱を滑らせ、蓋《ふた》を取った。

「どうぞ、何枚でもお召しあがりください」

「すまぬな」

七十郎は一枚を口に持っていった。歯応えがあり、醤油の旨みとかすかな甘みがじんわりと染みこんでいるというのか、食べていて飽きのこない味だ。

「うまいな」

「さようにございますか」

これだけのせんべいを行商できるのなら、と七十郎は思った。売り切れ必至だろう。直八は暮らしにはまず困っていなかったはずだ。

「直八はどうしてこの店のせんべいを売らせてもらえるようになった。これだけのせんべいなら、売りたい者はいくらでもいるだろう」

「おかげさまで、引き合いはいくらでもあります。でも、手前どもはこれと見こんだ者にしか卸しておりません」

「直八は見こまれたということか」

「はい、とても正直で実直な者と思えましたので」

七十郎は黙って続きを待った。

「二年半ほど前でしたか」

亮蔵が語りだす。

「手前どもは一家で潮干狩りに行きました。その際、手前の一番したのせがれが行方《ゆくえ》知れずになりました」

そのときを思いだしたのか、亮蔵が額に浮かんだ汗を手ふきでぬぐった。

「必死に捜しましたが、見つかりませんでした。日が暮れ、真っ暗になってこれではまず見つからないと判断し、明日一番の捜索を期してこちらに戻るしかありませんでした」

話の流れは見えたが、七十郎はなにもいわずにいた。

「その夜のことです、直八さんがせがれを連れてきたのです。最初は連れ去ったのかと思い、手前どもはつめ寄ったのですが、迷子になったせがれをここまで連れてきてくれたのだとわかりました。せがれが手前どもだと思ってついていったところ、まったくちがう人たちであるのに気づき、途方に暮れていたところに声をかけてくれたのが、直八さんでした」

「それがつき合いのきっかけか」

直八は、と七十郎は勘兵衛からきいたばかりの話を思いだした。貧しさから村を捨てた自分の子供の頃に潮屋のせがれが重なり、放っておけなかったのではないだろうか。

七十郎は、亮蔵や奉公人に、直八にうらみを抱いている者や、逆に親しい者がいなかったか、きいた。

しかし、誰も直八のことはあまりよく知らなかった。一人として、ともに飲みに行った者もいなかった。

七十郎は清吉とともに町を歩きだした。

本当は同僚の腰村弥兵衛殺しを調べるべきかもしれないが、そちらは南町奉行所の総力をあげてかかっている。

誰かが直八殺しの下手人をあげなくてはならない。

今、それができるのは自分しかいないのではないか、と七十郎には思えた。

五

玄助は直八の最も親しい友だ。

直八の死について、なにか知っているのは紛れもない。

益太郎が教えてくれた玄助の住まいは、小石川伝通院御掃除町《でんづういんおそうじまち》だ。

もともとは傳通院やそのほかの御廟所《ごびようしよ》の掃除を担当する者たちが屋敷を構えて住んでいたが、貧しい者ばかりで、屋敷地に賃借用の長屋を建てるなどしているうちに次第に町地に変わっていったときいている。

勘兵衛と修馬は自身番に行き、彦助《ひこすけ》長屋の場所をきいた。町役人自ら案内してくれた。

彦助長屋は裏店《うらだな》だった。どぶ板のかけられた路地をはさんで、七つの店が向き合っている。日当たりはそんなに悪くはなさそうだが、ただ、建物が古かった。

これだけ古い長屋というのは、火事が多い江戸ではなかなか珍しいのではないか、と思えた。

木戸の前で町役人を帰した。

路地にたむろしている三人の女房らしい女に、玄助の店をきいた。

「こちらですけど」

女房の一人が左側のまんなかの店を指さす。

「玄助さんに用事ですか」

「そうだ。いるか」

修馬がたずねる。

「ここしばらく顔を見てないんですよ」

「どこに行ったのかな」

「それがわからないんです。こんなこと、はじめてなんで、今もどうしたのかしらね、といっていたんですよ」

二人の女房が、そうなんです、というようにうなずく。

「いつからおらぬ」

「そうですねえ、三日くらい前じゃないかと思うんですけど。——ねえ」

女房が他の二人に同意を求める。

「ええ、そう思います」

「店を見せてもらう」

「あの、お侍はどなたなんですか」

修馬が身分を告げた。

「えっ、御徒目付さまですか」

三人が目をみはる。

「別におぬしらを取って食おうなどと思わぬゆえ、安心してくれ」

修馬が勘兵衛に、頼むというように目で合図してきた。

勘兵衛は玄助の店の前に立ち、気配をうかがった。まちがいなく無人だ。

「あけるぞ」

修馬にいい、腰高《こしだか》障子を横に滑らせる。

四畳半が一間だけだ。どこかかび臭さが感じられる。

「なにもないな」

あるのは行灯と布団くらいだ。火鉢すらもないし、かまどには釜《かま》ものっていない。水を入れる瓶《かめ》はあるが、なかは空だった。

勘兵衛はなにかないものかと調べた。だが、なにも見つからなかった。

「玄助さん、なにかしたんですか」

戸口から女房がきいてきた。

「いや、なにもしておらぬ。ただ、居どころが知りたいだけだ」

「でも、なにかしでかしたから、御徒目付さまがお調べになっているんですよね」

「玄助はそういう男だったのか」

勘兵衛は女房にきいた。

「滅相もない。無口でしたけれど、穏やかでいい人でしたよ。長屋の子供たちもなついていました」

「そうか。子供に好かれていたのか。友が訪ねてきたことはないか」

「なかったと思います」

「女は」

「あの口の重さでは、なかなかいい人はできないと思いますよ」

「なじみの煮売り酒屋などはあったか」

「いえ、存じません」

「玄助の生業《なりわい》はなんだ」

「酒売りですよ」

「行商か」

「さようです」

「仕入れ先を知っているか」

「はい、近くですから」

勘兵衛と修馬は礼をいって、女房が教えた道を歩いた。

「修馬、玄助には会ったこと、あるのか」

「いや、一度もない」

「直八に紹介されたこともないのか」

「ああ」

「まさかと思うが、玄助が直八殺しの下手人ではないよな」

「ちがうだろう。直八の傷は遣い手の仕業だ。玄助にそんな腕はまずなかろうな」

「ああ、そうだったな」

「玄助が直八と一緒に惨劇の家にいたのは、まずまちがいないだろう。七十郎がいっていた酒というのは、玄助が持ちこんだものではないのかな」

「そうかもしれぬな」

仕入れ先は彦助長屋から南へ三町ほどくだったところにあった。

店は糸田《いとだ》屋といった。造り酒屋ではなく、問屋のようだ。今まさに大樽《おおだる》を積んだ荷車が店の前につけられたところだった。甘いにおいがぷんと鼻をつく。

勘兵衛たちは直八の死を告げず、糸田屋のあるじや奉公人に玄助の話をきいた。

しかし、あまり親しい者はおらず、玄助のことをよく知っている者はいなかった。

ここ三日ばかり、仕入れに顔を見せていないという。主に売っているのは江戸近在で醸《かも》されている酒だが、口が重い割にかなり売ってきてくれるとのことだ。

「この店に玄助がどうして出入りするようになった」

修馬があるじにきいた。

「長屋の大家さんの紹介ですよ。職を探している若い男がいるといってましてね、うちでよかったら行商の仕事をまかせてもいいっていったら、翌日顔を見せまして。無口なのが気になりましたけれど、実直そうだったのでやってもらうことにしました」

勘兵衛と修馬はその足で、長屋の大家のもとも訪れた。

大家にも玄助の話をきいた。

「ええ、まじめそうな男で長屋の子供たちに好かれていましたからね、あれならどこにだしても大丈夫と信じて、糸田屋さんを紹介したんですよ」

彦助長屋に住むようになったきっかけは、大家が近くの口入屋《くちいれや》に周旋《しゅうせん》を頼んでおいたからだという。家賃は安いが、あまりに古いので、なかなか借り手がつかないとのことだ。

「最近は人も贅沢《ぜいたく》になりましてね、新しいところがいいっていう者が多いんですよ」

六

七十郎は直八の仕入れ先のせんべい屋をあとにしたのちも、直八の長屋近くのききこみを行うなど必死に動いたが、殺しの手がかりをつかむことがないままに、冬の短い日はあっけないほどはやく暮れていった。

「仕方ない、番所に戻るか」

七十郎は清吉をうながし、南町奉行所に帰ってきた。

「おい、七十郎、きいたか」

奉行所内の中間長屋に戻る清吉とわかれて詰所に入ると、同僚の手塚嘉十郎《てづかかじゅうろう》が話しかけてきた。

手塚の顔には興奮の色がある。

「腰村さん殺しの下手人がつかまった」

「まことですか。誰だったのです」

「穿鑿所《せんさくじょ》にいる。顔を見てこい」

七十郎は急いで詰所を出て、穿鑿所に向かった。

穿鑿所の隣にあるせまい部屋にはのぞき窓が設けられ、そこから穿鑿所を盗み見ることができるようになっている。

何人かがすでにその部屋にいて、七十郎は順番を待った。誰もが腰村弥兵衛殺しの下手人に憎しみを抱いている。

ようやく番がめぐってきて、七十郎はその男を見た。

小柄な男だ。板敷きの上にちんまりと座っている。まだ取り調べははじまっていない。誰が取り調べるか、与力のあいだで駆け引きがあるのかもしれない。

「名はなんというんです」

「末五郎《すえごろう》だ」

七十郎は、先に穿鑿所の男を見た同心の一人にささやき声できいた。確か、この同心は例繰方《れいくりかた》の者のはずだ。

「白状したんですか」

「いや、まだだ」

「証拠は」

「ない」

「それなのにとらえたのですか」

同心が唇をゆがめるような笑みを見せた。

「腰村を殺してやる、といっていたんだと」

「そうですか。いつからそのようなことをいっていたのでしょうか」

「そいつは知らぬな」

「どなたがとらえたのです」

盛田久左衛門とのことだ。

七十郎は、腰村の死骸が見つかった際、いろいろと話したことを思いだした。

もし末五郎という男が下手人なら、さすが久左衛門としかいいようがない。

「どうして腰村さんを殺してやると、末五郎はいったんですか。うらみでもあったのですか」

「女房が手ごめにされたそうなんだ」

「えっ、腰村さんが」

少し声が高くなり、七十郎はあわてて声を小さくした。

「まさか。ちがう者に手ごめにされ、女房はそれがもとで宿していた子供を流した。女房は死んだそうだ」

「どういうことです」

「腰村さんはろくに探索をすることもなく、幕引きしたらしいんだ」

七十郎は考えた。夫のある女を手ごめにした場合、死罪だ。

腰村がどうしてろくに調べなかったのかはわからないが、下手人がいまだにあがっていないのは事実なのだろう。

「末五郎は、腰村さんを殺したと白状しておらぬとのことでしたね。なにかいいわけをしているんですか」

「殺してやる、といったのは確かだが、それは酔っての放言にすぎない、だと」

七十郎は、のぞき窓から再び末五郎を見つめた。

いかにも小心そうだ。打ちひしがれ、うなだれている。腰村弥兵衛を殺せるような男にはとても見えない。

「生業はなにを」

「飾り職人だそうだ」

「腰村さんは心の臓を一突きにされていましたけど、凶器は見つかったのですか」

「いや、見つかっておらぬ。今、末五郎の家を家捜《やさが》ししている。それに、責めればあの気弱そうな男だ、きっと吐くだろうよ」

「末五郎の住みかをご存じですか」

「行くのか」

「どういうところに住んでいるのか、見てみたいものですから」

「確か、金杉水道町《かなすぎすいどうちょう》といっていたな」

同心に礼をいって、七十郎はせまい部屋を出た。

末五郎に人殺しはできないのではないか。七十郎には、そんな感じが強くする。

このまま末五郎を腰村弥兵衛殺しの下手人にして、大丈夫なのか。真の下手人が高笑いする結果にならないか。

今から金杉水道町に行って、なにかつかめるか。

例繰方の同心は、家捜ししているといっていた。おそらく盛田久左衛門が中心となっているのだろう。

横槍《よこやり》を入れると思われるのは得策ではない。明日にしよう、と七十郎は思った。

翌朝はやく、七十郎は清吉をともなって金杉水道町に向かった。

「旦那の感触では、その末五郎という男は下手人ではないんですね」

「ちがうと思う。探索をしっかりしなかったから、というのは人一人殺す理由として弱い気がするし、検死医師の紹徳先生も手慣れた者の犯行ではないかといっていたが、末五郎に心の臓を刃物で一突きにできるほどの腕があるとは思えぬ」

末五郎の家はきれいな一軒家だった。四部屋くらいはあるだろう。

子供はおらず、末五郎は、生まれてくる子をとても楽しみにしていましたよ、と近所の者は語った。

一刻ほどかけて近所のききこみを行った。

やはり、末五郎は人殺しができる人じゃないという声が多い。酔うと放言するのはいつものことにすぎず、役人を殺すなど誰も本気にしていなかった。

「女房が手ごめにあったということだが、それはいつのことだ」

七十郎は末五郎の隣家の女房にたずねた。

「半年ほど前ですよ。暑い時季でしたね」

女房は涙もろいのか、そのときを思いだして目を赤くしている。

「せっかく子供を授かったというのに、おたねさん、あんなことになっちまって。お役人、はやく下手人をつかまえてくださいよ。いや、その前に末五郎さんを解き放ってください。人を殺せる人じゃないんですから」

「おまえさん、そのおたねという女房がどういういきさつで手ごめにされたのか、知っているのか」

一応、奉行所の書庫でどんな一件だったのか調べてはきたが、もし腰村がしっかりと探索をしていないとしたら、実際とはまったくちがう報告書になっているかもしれない。近所の者に話をきくのは重要なことだ。

「あんまり話したくないんですけど」

女房が悲しげに首を振る。

「思いだしたくないのはわかる。だが、おまえさんが話すことで、下手人をつかまえられるかもしれぬ」

「えっ、本当ですか」

「必ずつかまえてみせる。だから、教えてくれ」

女房がまじまじと見る。

「ずいぶんとちがいますね」

なにが、とききかえしそうになったが、七十郎はすぐにさとった。

「目の輝きがちがいますもの。最初っから、お役人みたいな人に当たっていれば、下手人を野放しにすることはなかったのに」

女房が無念そうに唇を震わせた。涙が頬を伝う。

七十郎は、すまぬ、という気持ちになった。清吉も言葉を失っている。

女房が話しはじめた。

「おたねさん、六つ半（午後七時）頃、近くの実家に魚の煮物をお裾《すそ》わけに行ったんですよ。その帰りに路地に引きずりこまれて……」

「旦那」

奉行所への帰路、清吉がいった。

「腰村の旦那、どうして本腰を入れて調べなかったんでしょうね」

「もともとそういう気質の人だったらしいのは確かだがな」

「旦那。大きな声ではいえませんけど、もし腰村の旦那が下手人が誰かを知っていてかばったとしたら、どうなります」

七十郎は足をとめ、うしろをついてくる中間を振り向いた。

「清吉、ずいぶん思いきったことを口にするな」

「すみません」

「……そこまで果たしてやるものかな」

「旦那、死んだ人を悪くはいいたくないですけど、腰村の旦那はいろいろ噂のあった人ですよ。妾を二人持っていましたけど、その金だっていったいどこから出たものか」

その通りだ、と七十郎は思った。腰村弥兵衛は同心としての象徴である黒羽織を羽織るだけでなく、心までも黒い衣をまとっていたのだろうか。

七

七十郎は清吉に大門で待ってもらい、自らは奉行所の書庫に再び入った。

燭台《しょくだい》に明かりを灯《とも》し、腰村の扱った事件をいくつか調べた。

同じようにうやむやに処理をすませたものがないか。

この手のことに通じている例繰方に頼めばたやすくわかるだろうが、さすがに同心に疑いをかけるという微妙なことで、他者の手を借りるわけにはいかない。

どのあたりまでさかのぼればいいか、七十郎は考えた。

腰村弥兵衛が殺されたのがもし末五郎と同様のうらみとすれば、そんなに古い事件ではないだろう。

いいところ一年以内か。

そのあたりを目安に七十郎は調べてみた。

その間、腰村の扱った事件では、殺しは一件もなかった。

殺し以外で、なにか引っかかる事件はないか、七十郎は次々に帳面を繰っていった。

こいつはどうかな。

果たして腰村がうやむやにしたのかどうかわからないが、駕籠《かご》かきが客に酒代をせびったところ、その客にこっぴどくやられたという事件が五ヶ月前にあった。駕籠も壊した下手人はいまだにつかまっていない。

どちらかというと自業自得としか思えない事件だが、このまま事情をきかずに放っておくわけにはいかない。

もう一件、腰村が扱った事件で、下手人がつかまっていないものがあった。

夜鳴き蕎麦屋だった。四ヶ月ほど前、二杯食べた客が代を払わずに立ち去ろうとした。

そのことをいったら、いきなり顔を殴りつけられ、倒れこんだところを馬乗りになられ、腕を折られた。下手人はそれだけで飽きたらず、屋台をめちゃくちゃにして去った。

この二件の事件を自分の帳面に書き写し、七十郎は大門へと向かった。

「待たせた」

清吉がもの問いたげな目を向けてきた。

「なにかわかりましたか」

「歩きながら話す」

七十郎は道に足を踏みだした。途端に寒風が吹き寄せ、着物が体に巻きついた。

七十郎は空を見あげた。

「陽射しは春らしくなってきたが、風はまだまだ冬のものだな」

「まったくですねえ」

清吉は首を縮めるようにして歩いている。

七十郎は懐から帳面を引っぱりだし、二件の事件のことを清吉に語ってきかせた。

「二つとも、ずいぶんと乱暴ですねえ。同じ者の仕業ですかね」

「かもしれぬ」

七十郎たちは歩を進め、本郷元町《もとまち》にやってきた。

記録によれば、この町の二人の駕籠かきが一人の客にひどい目に遭わされたのだ。

駕籠屋に行ったが、すでに二人とも駕籠かきはやめていた。

二人の住みかをきき、七十郎は湯島切通片町《ゆしまきりどおしかたまち》に足を踏み入れた。二人ともこの町に住みかがあるとのことだ。

教えられた長屋は、町役人の手を煩《わずら》わせることなくすぐに見つかった。

裏店だ。七十郎は一番奥の右側の店の前に立った。清吉が訪いを入れる。

なかからしわがれた声で返事があった。

「どうぞ、入ってくだせえ」

「あけるよ」

清吉が声をかけ、腰高障子を横に引いた。

むっとするようなくささが漂い出てきた。七十郎は顔をしかめかけたが、我慢した。

なかは暗い。目が慣れるにつれ、どういうふうになっているか見えてきた。

掻巻《かいまき》を着た男が布団に寝ている。起きあがろうとしているが、なかなかうまくいかない。

七十郎は土間に立った。

「いや、いい。寝ていてくれ。話をききたいだけだ」

「しかしお役人が見えたのに」

「本当にいい」

男がほっとした顔をする。顔はしわ深く、頭は真っ白だ。

「では、お言葉に甘えさせてもらいます」

七十郎はなかを見渡した。

一人暮らしらしく、家財はあまりない。行灯と火鉢、鉄瓶、それに膳が畳に置かれているのが目立つ程度だ。

七十郎は式台に腰かけた。

「話ってなんでしょうか」

男の目がおどおどしている。

「波吉《なみきち》だな」

「ええ、さようです」

「半年ほど前まで、駕籠を担いでいたな。おまえさんが駕籠かきをやめる羽目になった一件について、話をききに来たんだ」

どんより曇っている波吉の目に、かすかな光が宿った。

「見つかったんですかい」

声には怒りがたたえられている。

「あの野郎に、俺はこんな体にされたんですよ。なにしろ、起きあがるのにも一苦労なんですからねえ」

ほとんど寝たきりといっていいようだ。

「どうやって暮らしているんだ」

「弟がいるんですよ。金を恵んでもらっています」

やや卑屈げに口にする。

「弟は一緒に暮らそう、おいらが面倒を見てやるからといってくれてるんですけど、弟のかみさんがやたらうるさい女でね、あれじゃああっしは落ち着けねえものですから、断っているんですよ」

「そうか」

七十郎は波吉を見つめた。

「どんな男だった」

「侍ですよ。若いやつです。お役人もお若いようですけど、もっと若いでしょうね」

「二十歳は超えていたか」

「もしかしたら、下かもしれませんや」

「そんなに若いのか」

「しかし腕っぷしは強かったですよ。あっしらがかなわなかったんですから」

「体は大きかったか」

「いえ、そんなに。大きいだけならあっしのほうがよっぽど」

「顔を覚えているか」

「それが頭巾《ずきん》をかぶっていやがったんで」

「頭巾だと。それなのにどうして若いってわかるんだ」

「声も若いし、肌も若いし、頭巾からのぞく目も若かった。あの野郎が二十歳に届いているかどうかというのは、まずまちがいありませんよ」

そこまでいうのなら、よほどの確信があるのだ。

「酒代をねだったそうだな」

「すみません。今考えれば、つまらねえことをしたものですよ。高くついちまいました」

「責めているわけではない。酒代は、その侍をおろしたところでねだったんだな」

「ええ、さようです。駒込片町《こまごめかたまち》です。お役人、つかまえてくれますかい」

「きっとおまえさんの仇は討つ」

「ありがとうございます」

波吉は、今にも泣きだしそうな表情になっている。

波吉の長屋をあとにした七十郎たちは、もう一人の駕籠かきの長屋を訪ねた。

男は勝助《かつすけ》といい、こちらは寝たきりにはなっていなかった。

ただもう駕籠を担げず、今は塩を売って暮らしているとのことだ。

「塩なら、人を担ぐよりはるかに楽なんで」

ただ、もう腰が曲がりかけている。塩売りも楽ではないだろう。

とにかく、と七十郎は思った。波吉や勝助では腰村を殺るのは無理だろう。それに二人とも若い侍をうらんではいるが、腰村にうらみを持っている様子はない。

「その若い侍だが、駒込片町でおろしたそうだな」

「ええ、武家町の手前でおろしました。あっしはあのあとどの屋敷の者か調べてみたんですが、結局わからなかったんです。駕籠かき仲間も力を貸してくれたんですけど、見つかりませんでした」

いかにも無念そうにいった。

勝助の長屋を出た七十郎は、今度は道を東に取り、下谷同朋町《したやどうぼうちょう》に足を運んだ。

ここは昔は坊主ばかり住んでいたらしいが、今は町人がほとんどだ。

夜鳴き蕎麦屋の長屋を捜す。

こちらは町役人に案内してもらい、長屋にたどりついた。

奉行所の調書によると、夜鳴き蕎麦屋を生業としていた男は柴五郎《しばごろう》といった。

長屋にいた。風邪を引いているらしく、火鉢をがんがんに焚《た》いていて、店のなかは暑いくらいだった。

布団が敷いてあり、七十郎たちが訪ねてきたことで、起きあがった。

「すまぬな、つらいところを邪魔して」

「いえ、いいんですよ」

鼻水をすすりあげながらいう。

「お役人こそ、あっしから風邪をもらわないでくだせえよ」

「気をつけよう」

七十郎は式台に座りこんだ。

「ききたいのは、四ヶ月前のことだ。客に殴られ、腕を折られたそうだな」

柴五郎は泣きそうな顔になった。

「あの侍、人じゃありませんよ。今でも腕は治りきっていないんですから」

左腕を見せた。

「この肘《ひじ》の上のところを逆にひねられましてね、痛さが脳天を突き抜けました。悲鳴をあげたと思うんですが、誰も助けてくれませんでしたよ」

そのときを思いだしたのか、柴五郎がうなだれた。悔しさや自らの無力さ、情けなさがこみあげてきたのか、涙をにじませている。

「お医者によれば、曲がったきりこのままもとに戻らねえんだそうです」

「そうか」

「お役人は、もしやあの侍のことを調べているんですか」

瞳に期待の色がある。思い知らせてほしい、と強く願っている顔だ。

「そうだ。つかまえようと思っている」

「ありがてえ」

柴五郎が涙を手の甲でぬぐう。

「あの野郎、きっと獄門にしてください」

畳に額をこすりつけるようにする。

「あっしはあのときの恐怖が今も残って、もう蕎麦屋はできなくなっちまったんです。今は朝方の商売に移っているんですよ」

納豆売りをしているとのことだ。

「そうか、苦労したのだな」

七十郎はねぎらった。土間に立つ清吉も気の毒そうに見ている。

「やったのは侍といったが、どんな顔だったか覚えているか」

「いえ、それが……」

またうつむいた。

「ろくに顔は見ていないんですよ。下を向いて蕎麦をすすってましたのでね。もっと見ておけばよかった」

「若くはなかったか」

「若かったと思います。せいぜい二十歳そこそこではなかったかと」

駕籠かきたちをこてんぱんにしたのと同じ侍だろうか。そうとしか思えない。

これはおそらく偶然ではない。

もしかすると、末五郎の女房を手ごめにしたのもその侍かもしれない。

そのことを知っていて、腰村は知らぬふりを決めこんだのか。

もしそうだとするなら、当然、金が流れていたのだろう。

「おまえさんがその侍に狼藉《ろうぜき》されたあと、町方が調べに来ただろう。覚えているか」

「ええ、もちろんです。あっしは必死に話をしましたよ。あのお方はよく話をきいてくださいました」

目にはうらみどころか、むしろ感謝の色が見える。この柴五郎という男は、腰村に殺意を抱いてはいない。

きっととらえる、と約束して七十郎は柴五郎の店を出た。

暑いくらいだった店のなかが極楽に思えるほど、外は寒風が吹き渡っている。七十郎は肩をすくめた。

「寒いですねえ」

清吉が歯をがたがたさせていう。

「まったくだな」

七十郎は空を見あげた。晴れ渡っていて、青さが目にまぶしいくらいだ。

久岡さんたちは、と思った。今、どうしているのだろう。

八

「しかし勘兵衛、見つからぬな」

吹きつけてきた寒風に、あわてたように襟元をかき合わせて修馬がぼやく。

「探索というのはそういうものだろう。修馬、焦ったところではじまらぬ」

「わかってはいるんだが、玄助という男、どこにもぐりこんだんだろうな」

勘兵衛と修馬は、直八の友である玄助をひたすら捜している。しかしなんの手がかりもない。

いったいどこに行ってしまったのか。殺された直八と最も親しかった男。

居どころを突きとめられれば、直八殺しの調べが進展するのは確実だ。

勘兵衛と修馬は親しい者を徹底して捜した。

友は。女は。

玄助の行きつけの店や一膳飯屋などをききこんでは次々に訪れてみたものの、なにも得られない。

探索には徒労がつきものとはいえ、さすがに勘兵衛も足取りがやや重くなりつつあるのを感じている。

「勘兵衛、腹が空かぬか」

修馬が少し疲れた顔を見せている。おそらく自分も似たようなものだろうな、と勘兵衛は思った。

「ああ、空いたな」

「どこかで腹ごしらえをせぬか」

「そうするか。もう昼をすぎたことだし」

「なにを食うにしろ、体に力をつけたいな」

「鰻《うなぎ》か」

「山鯨《やまくじら》なんてどうだ」

「山鯨というと、猪《いのしし》か」

「いやか」

「いや、そんなことはないが、猪はまだ一度も食べたことがない」

「実をいうと俺もだ」

「一度くらいは食べたいと思ってはいた。店を知っているのか」

「いや、知らぬ」

「なんだ、それでは駄目ではないか」

「だが勘兵衛、この一件が片づいたら、店を探して行ってみないか」

「いいな、そうしよう。七十郎と清吉も忘れずに誘おう」

「それは喜ぶだろうな。だが勘兵衛、いいのか」

「なにが」

「払いはおぬしだぞ。人が増えれば、代が高くなる」

「誰がおごるといった」

「いいではないか。千二百石の当主だろう」

「それをいうなら、おぬしも旗本の当主ではないか」

「だが、石高がちがうだろう。うちはたかだか……」

「どうした。石高を忘れちまったわけではあるまいな」

「勘兵衛、あの店はどうだ」

修馬が右手を指さしている。飯、と黒々と書かれた幟《のぼり》が音を立てて風にひるがえっている。その手前に長床几《ながしょうぎ》が二つほど出ていて、人足らしい者が飯をかきこんでいる。

「一膳飯屋か」

「勘兵衛、魚が食いたくはないか」

「今は腹に入ればなんでもよい」

「あそこはよさそうだぞ。俺の勘がそういっている」

「この前も同じようなことをきいた覚えがあるぞ」

「あのまずい蕎麦切りか。あんなのは江戸に一軒あればいいほうだ。その一膳飯屋は期待できるぞ」

修馬はついてこいとばかりに勘兵衛に向かって手を振った。

「いらっしゃいませ」

小女《こおんな》が頭を下げる。座敷に案内してくれ、ていねいに衝立《ついたて》を立ててくれた。

「ここはなにがうまいのかな」

修馬がたずねる。

「魚ですね」

「そうか。それなら俺は――」

修馬が壁の品書きに目を向ける。

「鯖《さば》の味噌煮をもらうか。飯と味噌汁をつけてくれ」

「俺は鰤《ぶり》の煮つけをもらおう」

小女が注文を通しに去ってゆく。

「楽しみだな」

修馬ははやくこないかな、といって手のひらをこすり合わせている。

まず運ばれてきたのは、鯖の味噌煮だった。続いて勘兵衛の頼んだ鰤も運ばれてきた。

「よし、いただくか」

修馬がいい、箸を持つ。

勘兵衛は鰤を見つめた。香りはいい。甘辛い醤油のにおいだ。

さっそく食べてみた。

うん、と勘兵衛は心中で首をひねった。なにか生臭い。味噌汁をすする。こちらはわかめだが、味噌を惜しんでいるのか、薄い。

修馬も食べはじめているが、なにもいわない。だが、明らかにしくじったという顔だ。

箸で鯖をむしっているが、身に張りがないというのか、ぼそぼそしている。

空腹は最高のおかずというが、それに助けられて、勘兵衛たちはようやく食べ終えた。

「俺はもう、修馬の勧める店には決して入らぬからな。あまりに見る目がなさすぎる」

代を支払い、通りに出てしばらくして勘兵衛はいった。

「うるさい、勘兵衛も同罪だ」

「なんだと」

「勘兵衛に店を見る目があるというのか。あるのだったら、入る前にいえ」

「きく耳を持たずに、さっさと入ってしまったくせに、今さらなにをいう」

「うるさい。だったら、次からは勘兵衛が全部決めろ」

「とうにそのつもりだ」

「まずい店を当てたら、そのときは覚悟しろよ」

「俺は続けざまに二軒もまずい店を引き当てるような、無様な真似はせぬ」

「無様だと」

「ちがうか」

「……その通りだ」

勘兵衛は、うつむいた修馬を見て笑いが出た。

「なんだ、そのしなびたきゅうりみたいな風情は」

「本当にしなびているんだよ」

「そうか。気にするな」

「さして気にしてはいないさ。うまい、まずいなんていえること自体、幸せこの上ないということだからな」

その通りだ、と勘兵衛は思った。

「今も、この日本のどこかで飢えている人がいるのだものな」

勘兵衛は、とんでもなく思いあがったことを口にしていた気になった。

「修馬、仕事に励もう。俺たちにできるのはそのくらいだ」

「わかっているさ」

修馬が明るい笑みを見せる。

「それで、勘兵衛、どうする」

「大本に返るか」

「というと」

「直八の殺されていた家だ。やはり一度、見ておかなければまずかろう」

「なにか見つかるとでも」

「それはわからぬが、行ってみて、おそらく損はない」

この前は人にたずねながらやってきたが、今日は小石川橋戸町にまっすぐ着いた。

「かなりひどいな」

修馬が家を見あげていう。

「ああ、七十郎からきいてはいたが、廃屋といっていいな」

人の手は、まったく入っていないように見える。

どうして直八はこんな空き家にいたのか。仲間同士でたむろしていたのではないか、と七十郎はいっていたが、その推測はまちがいない感じがする。

直八がいたということは、最も親しい友の玄助もいたのだろう。

金のない若者同士が酒を飲んだり、たわいもない話をするのに、こういう無人の家にたむろするのは珍しくないのかもしれないが、どうしてこの家なのか、という疑問は残る。

この家は、と勘兵衛は思った。直八、玄助たちとなんらかの縁があったのか。

「勘兵衛、家主と会うか」

修馬が、勘兵衛の考えを読んだように口にした。

さすがだな、と感心した勘兵衛は深く顎を引いた。

家主の住みかは自身番の者にきいたら、すぐに知れた。橋戸町の自身番から未申《ひつじさる》の方角へ、二町ほどくだったところだった。善仁寺《ぜんにんじ》という寺の門前町だ。

家主は永三郎《えいさぶろう》といい、でっぷりと太った男だった。

勘兵衛と修馬は勧められるままに、座敷にあがった。火鉢が盛んに炭を弾いており、なかはあたたかかった。

太りすぎに見える永三郎は汗をかいている。

「あの家は三年前に買いました」

茶をだした女房が去ると、永三郎がいった。

「前はなんだったんだ」

修馬がきいた。

「以前、みなしごが暮らしていたんですよ」

勘兵衛は修馬と目を見合わせた。本八屋の八郎左衛門と同じことを、あの家でしていた者がいたのだ。

あの家に直八や玄助がたむろしていたということは、なつかしんで、ということだろうか。

どうしてかあの家での暮らしができなくなり、直八と玄助はお美枝のいる家にやってきたのではないか。

とにかく、直八と玄助はあの家と深く関わっていたのはまちがいない。

「おぬしが家を買い取り、みなしごたちを追いだしたわけではあるまいな」

修馬がややきつい口調でいった。

「滅相もない」

永三郎があわてて手を振る。

「子供たちがいられなくなり、空き家になったから、手前はあの家を買い取ったんでございますよ。もっとも、今はあの様子ですから買い取った意味はまったくありませんが、少しでもお都久《とく》さんのお役に立てれば、と思いましてね」

どういう字を当てるか、永三郎が説明する。

「お都久、というのが家の持ち主だったんだな。今、どうしている」

「亭主の七《しち》右衛《え》門《もん》さんが病で亡くなり、それでお都久さんも子供たちの面倒を見られなくなったんです。お都久さん、もともと病気がちでしてね、泣く泣く子供たちに出ていってもらい、あの家を売り払ったんです。お都久さん、家を売った金を子供たちに残らずわけてしまったんじゃないでしょうか」

奇特な女だな、と勘兵衛は思った。修馬とともにさっそくお都久に会った。

病気がちとのことだったが、意外に血色はよく、元気そうだ。歳がいくつか知らないが、小柄ということもあり、若く見えた。

「申しわけございません、私は、その玄助さんという人のことはなにも知りません」

本当にすまなそうにいう。

「一度も会ったこともありません。だから、玄助さんが親しくしている者も存じません」

「そうか」

修馬が力なく口にした。

「直八という男を知っているか」

勘兵衛は修馬に代わって問うた。

「いえ、存じません。ああ、でも確かあの家で亡骸で見つかったのがそういう人だときました」

「玄助や直八はあの家で暮らしてはいなかったわけだな」

「はい、そうです。私は一緒に暮らしていた子供たちはすべて覚えていますから」

「何人いたんだ」

「全部で十六人でした」

お都久が目を畳に落とす。

「泣きながら散っていったんです。みんな、寺などに預けられたはずです」

お都久は、いまだにあのときのことは忘れられません、と涙をこぼした。

「亭主の七右衛門は病死したときいた。なにを生業にしていたんだ」

勘兵衛はお都久が泣きやむのを待って、たずねた。

「薬種屋《やくしゅや》でした」

目尻の涙をぬぐって答える。

「店はたたんだのか」

「はい。なにしろ亭主でもっている店でしたから。亭主は薬に関してはいろんなことを知っていて、お客は一杯ついていたんです。お医者も多かったんですよ。私も亭主に薬のことはいろいろと習っていたんですけど、とても亭主のようにはいかず、店をたたむしかありませんでした」

勘兵衛は、あの家から散っていった子供たちが世話になったという寺の名を、お都久からいくつかききだした。

勘兵衛と修馬はお都久の家をあとにした。

玄助か、と勘兵衛は一度も顔を見たことのない男の面影を、歩きながら脳裏に描いた。

いったい今、どこにいるのだろう。

九

ひもじいな、と玄助は思った。腹が減っている。村にいたときを思いだす。

壁に背中を預けて玄助は座りこんでいる。板敷きの広い間だ。

ゆっくりとまわりを見まわした。直八の殺された家と同様、ここも壁が崩れかけている。

玄助は目をごしごしとこすった。壁の土が食べられそうに思えてきた。

「なにか食いたいな」

膝を抱えた竹次がつぶやく。

「食える物なら、なんでもいいよ」

「なにもねえよ」

肘枕をして寝転がっている夏吉が突き放すようにいう。

「夏吉は平気なのか」

竹次が不思議そうにきく。

夏吉が上体を起こす。床に置いてある一本の棒を手にした。

「平気じゃねえよ。でも、村にいたときのことを考えれば、こんなのどうってことはない」

竹次が首をひねる。

「俺には同じくらいきついよ」

「そんなことあるわけないだろう」

夏吉が床を蹴るように立ちあがった。弾みで、玄助の尻が少し浮いた。

「俺はあんな村、いやでいやでたまらなかった。いつもひもじくて、どうしようもなかった。江戸に来られて、せいせいしている」

夏吉は二年前、世話になっていた家を出た。本当はもっとはやく出るつもりだったが、いい職が見つからなかった。結局、竹次ともども今は日傭取《ひようとり》をしている。

「でも、いいときもあったよ」

竹次がぼんやりという。

「竹次、そんなときがあったか。俺は覚えてねえや」

夏吉が音を立てて座りこんだ。

しばらく誰も話さず、壊れかけた本堂内に沈黙がおりる。

「なあ、夏吉、竹次」

玄助は二人に呼びかけた。

「もう探索はやめないか」

「なんだって」

夏吉がにらみつけてきた。

「夏吉、そんな顔をするなよ。直八は殺されてしまったし、俺たちだけでできることなんか、もうないよ」

「どうしてそんなに弱気なんだ」

「弱気にもなるさ。あのときの怖さ、夏吉はもう忘れちまったのか」

夏吉がはっとする。

「忘れるわけがない」

頰を少しひきつらせ、ぽつりといった。

玄助は鑿でうがたれたように、あのときの侍の姿が脳裏に刻みつけられていた。

飲んでいた酒が尽き、眠ろうとしたとき、いきなり侍が家に乱入してきたのだ。

頭巾をかぶり、抜き身を手にしていた。侍であるのがわかったのは、行灯を吹き消す前にその姿が浮かびあがったからだ。

侍の一番近くにいた直八が殺されたのを目の当たりにして、玄助たちは外に飛びだし、ひたすら逃げ惑うしかなかった。

刀が顔面すれすれに振りおろされ、玄助は小便をちびりそうになってもいた。

あと二寸（約六センチ）ほどずれていたら、俺は頭蓋《ずがい》を割られ、もうこの世にいなかったはずだ。

直八の死にざまが思いだされる。いきなり斬られ、血煙をあげて倒れていった。畳に横になったときには、すでに魂は体を抜け出ていたにちがいない。

それにしても、と玄助は思った。どうしてあの侍は襲いかかってきたのか。

もしや俺たちが殺してしまった同心の縁者なのか。仇を討とうとしていたのか。

いや、仇討なら問答無用で殺そうとはしないだろう。

ということは、と玄助は思った。俺たちの探索をいやがったということなのか。

ということは、と考えを続けた。あの役人の口を割らせようとしたのが、あの侍の気に入らなかったことになるのか。

何者なのか。

調べたい。だが、またあの侍に会いたくはない。今度こそ殺される。

「あの侍さ」

ぽつりと竹次がいった。

「どうして俺たちがあの家にいることを知ったのかな」

その通りだな、と玄助は思った。

「つけられたのかもしれない」

「つけられたってどこから」

玄助は一つ息を入れた。夏吉がその間に入りこむようにいった。

「俺たちがあの役人の口を割らそうとしたところだよ」

「えっ、そうなのか。だがだったらどうして、すぐに俺たちを襲わなかったんだ。日を置いたのはどうしてだ」

「そんなのはわからない」

「でも玄助、俺は直八を殺されてよけい引き下がれなくなったぞ」

夏吉が強気にいった。

「このまま引き下がったんじゃあ、死んだ直八も浮かばれないぜ。五助《ごすけ》と直八の仇討、俺は決してあきらめねえぞ。あの侍が五助の死に関係しているのは、玄助、もうわかっているんだろう」

さすがに夏吉だ。短気だが、頭のめぐりは悪くない。

「夏吉、あきらめないのはいいとしても、本当に殺されちまうぞ」

「返り討ちにしてやるさ」

「どうやって」

「あの侍の不意を衝《つ》く」

「どうやるんだ」

「いくら遣い手だからって、いつも気を張っているわけじゃないだろう」

「そうかもしれないが、夏吉、侍の居どころだってわかっていないんだぞ」

「これから調べるんだ」

夏吉は決意を表情にみなぎらせている。

「いや、ここにやってきてくれねえかな。そのとき討ってやる」

手にした棒を振りまわした。

竹次がはっとし、落ち着かなげにそわそわする。

「もうばれてることも考えられるな」

「ばれてるんだったら、とうに襲ってきているはずだ」

玄助は竹次を安心させた。もっとも、自分もそう思うことで不安を消し去りたかった。

「玄助」

夏吉が呼びかけてきた。

「どうすればあの侍を捜しだせるか、三人で考えようじゃないか」

「捜しだせるのかな」

竹次が気弱げにいう。

「番所に行くのが、一番いいんじゃないのかなあ」

「行けるものか。俺たちは町方役人を殺しちまったんだぞ」

「そりゃそうだけど……」

「それに役人は信用できねえ」

夏吉の瞳が一際鋭い光を帯びる。

「みんな、腰村のような者ばかりに決まってるんだ」

それ以上、どうしたらいい、という案も出ず、静寂が本堂内に満ちた。とりあえずここで夜を明かすしかない。

十

「若い侍が今回の一件に絡んでいるのはまちがいないんだがな」

自らの考えをまとめるように七十郎は清吉にいった。

「それはいったい誰なんですかね」

清吉がちろりを傾ける。七十郎は杯で受け、酒を喉に流しこんだ。

「調べられますかね」

「調べなきゃ、しようがないな。いや、きっと調べだしてやる」

七十郎は盆に杯を置いた。

七十郎たちがいるのは、町奉行所からやや離れた場所にある左来居《さこい》という煮売り酒屋だ。

「でも相手が武家となると、ちょっと厄介ですねえ」

清吉が酒をすすっていう。

うん、と七十郎はうなずいた。もしその侍がどこか大名の家中の者として、上屋敷などの江戸屋敷のなかにいられては決して手をだせない。上屋敷は領国と一緒で、幕府の法は通用しない。とらえるのは、上屋敷を出たときしかない。

「浪人ということはないでしょうかね」

「それを俺も望みたいが……」

浪人なら、町方はなんら手をこまねくことなくとらえることができる。

「旦那の勘は、浪人ではないと告げているんですね」

「まあ、そうだ」

「もし旗本、御家人《ごけにん》だったらどうします。その侍をとらえることはできませんよ。こんなこと、今さら旦那にいうようなことじゃ、ありませんけど」

「とらえることはできるさ」

七十郎は断言した。

「とらえるのが俺ではなくなるということにはなるが、久岡さんたち目付衆が動いてくれる。誰の手柄となろうと、とらえることができれば俺はそれでいいと思っている」

「旦那は、相変わらずいいことをいいますねえ」

清吉は素直に感心している。

もし若い侍が幕府に仕える者だった場合、七十郎たちは手だしができない。できるのは、侍の屋敷がどこか探ることだけだ。

その調べがついたところで七十郎は町奉行に伝え、町奉行は老中にその旨を報告する。老中が目付に事件をまわし、徒目付が屋敷に乗りこむことになるのだ。

明日も仕事があるから深酒をするようなことはなく、七十郎と清吉は勘定をすませて左来居を出た。

いきなり厳しい寒気のなかに放りだされたも同然で、七十郎は酔いが一気にさめてゆくのを感じた。

七十郎としては、腰村弥兵衛とつき合いのあった大名家を調べたい。

大名か旗本家で、代々頼みを腰村にしていた家だ。

大名家の勤番侍などが江戸で不祥事を起こした場合、体面を気にする大名家では内々で処理をしたいと考える。

町奉行所内では大名家ごとの担当が決まっており、与力や同心は代々その大名家を受け継いでゆく。このことから、代々頼みという名がついたのだろう。

その場合、大名家から俸禄《ほうろく》を与えられている者もいるが、多くは金を贈られる。ほとんど賄賂《わいろ》のようなものだが、大名側では町方と太い綱でつながっていることで安心できるのだ。

実際に、腰村の縄張内に腰村が代々頼みを受けていた大名はいくつかある。

しかし訪問したところで、なにを話してくれるだろう。どうせ慇懃《いんぎん》無礼な扱いが待っているだけにちがいない。

捜す前からあきらめては町方としてどうしようもないが、大名を調べるのには一介の同心ではまず無理だ。

それに、訪問するのには与力の許しが必要だ。

ここは与力の力を借りたほうがいいだろう、と思った。与力に、腰村弥兵衛に代々頼みをしていた大名を調べてもらうのだ。

第三章

一

「お嬢さまは、お花と柔、どちらが楽しいのですか」

うしろから安由美がきいてきた。

早苗は少し歩をゆるめた。安由美が近づく。

「どちらも楽しいわ」

早苗は旗本の奥方に花も習っており、今はその帰りだ。もっとも、屋敷にまっすぐ帰る気などさらさらなく、安由美と二人して四ッ谷のほうに向かっていた。

「一見、この二つはまったくちがうもののようだけれど、心を集中しなきゃいけないところなんて、ほとんど同じに思えるわ」

「柔をしているときのお嬢さまは怖いくらいの気迫を面《おもて》にだしていますけれど、花を習っているときはとてもおしとやかに見えます」

「もともとしとやかですもの」

「そうですわね」

安由美が首をかしげて、にこりと笑う。こういう表情をすると、この娘は本当にきれいに見える。

「お嬢さまは子供の頃、おしとやかを通り越して、人に話しかけることもできないような性格でしたね」

「そうだったかしら」

安由美がなにか思いだした顔つきになった。

「法事かなにかで親類の人がお屋敷にいらして話しかけてきても、ほとんど返事をせずにかたまっていらしたじゃないですか」

「あれは、あの人がきらいだったの。なにか探るような目をするのよね」

「でも、今はにこにこして話しているじゃありませんか」

「私も大人になって、前ほどはきらいでなくなったのよ」

早苗はふと修馬のことを考えた。このところ、修馬の仕事が忙しいのか、会えない。胸に穴があいたような寂しさがある。

四ッ谷に着いた。

人は相変わらず多い。商人、行商人、旅人、百姓、武家。米俵を山のように積んだ大八車が行きかう。駕籠も次々に通りかかる。馬子《まご》に引かれた馬も多い。

馬糞《ばふん》がところどころに見受けられ、においが鼻をつく。住んでいる番町でも馬糞はにおうが、ここまで強いにおいではない。

おねえちゃん、どいてくんな、ひいちまうぜ。うしろからそんな声がかかり、早苗は振り返って、大八車の梶棒《かじぼう》を握っている人足をにらみつけかけた。もし往来で人をはねて死なせた場合、人足は死罪になるというのに、どうしてこんな口をきくのか。

「お嬢さま、いけません」

安由美が立ちはだかり、小声でいう。

「人足ごときにかかずらわっては」

「そうね」

早苗は横によけた。

大八車を見送る。

不意に腹の虫が鳴った。どこからか蕎麦つゆらしいにおいが漂ってきている。

「安由美、おなかが空きませんか」

早苗は鼻をくんくんさせていった。

「はい、空きました。でもお嬢さま、もうお屋敷に戻らないと」

早苗は西の空を見た。春が近くなってきたとはいえ、まだ日は短く、明日も天気のいいのを約束するかのような赤い太陽が、家々の屋根にかかりそうになっている。

「少しくらい大丈夫よ」

そうはいったものの、早苗はいやな感じの眼差しを思いだした。

「そうね、やっぱり暗くなる前に帰りましょう」

早苗は夕焼けを背に歩きはじめた。

「お屋敷に帰って、たらふく食べることにします」

あたりは少しずつ暗くなってきて、冷たい風も吹きはじめた。

早苗は足を急がせた。一際強い風が通りすぎ、くしゅん、と安由美がかわいいくしゃみをした。

早苗は振り向いた。

「風邪を引きましたか」

あれ、と我知らず声をあげていた。

安由美がいなかったからだ。風にさらわれてしまったかのようだ。

「安由美、どこに行ったのです」

早苗は歩いてきた道を取って返した。なにかあったのはまちがいない。

まさか、と眼差しのことを思いだした。あの眼差しの主が安由美になにかしたのでは。

冷たい汗が背筋を伝う。懐剣《かいけん》を手にした早苗は暗さを増してゆく道を、あちこちに目を走らせつつ駆けた。

ふと、右手に見える一本の路地が気にかかった。どうしてなのか。

すぐに早苗は解した。土埃がかすかにあがっているのがわかったからだ。

早苗は懐剣を鞘から抜いて、路地をのぞきこんだ。

一人の男が、肩に安由美らしい娘を担いで走っている。そんなに足ははやくない。

男は頭巾をしているようだ。侍なのかと思ったが、丸腰だ。得物《えもの》らしい物は持っていない。

「なにをするのです」

早苗は男に向かって大声をあげた。

「放しなさい」

男があわてたように早苗を振り返った。頭巾のなかの瞳が凶暴そうに光る。

早苗は、心の臓がはねあがったように感じたが、心を励まして男をにらみつけた。

この男、決して許すものですか。

早苗は全身に殺気をみなぎらせた。

「いったい何者です。はやく安由美を放しなさい」

早苗は腰を低くし、懐剣を構えた。

ちっ。一瞬、腰に手をやりかけた男が舌打ちし、いきなり安由美を放り投げた。同時に体をひるがえす。

あっ。早苗は、地面に足から落ちた安由美を支えた。うしろ頭を打ちつけないように注意する。

頭巾の男は追いかければつかまえられそうな気がしたが、安由美をここに置いてゆくわけにはいかない。

懐剣を鞘にしまい、懐に忍ばせる。

「大丈夫ですか」

早苗は安由美の頰を叩いた。

安由美がはっと目を覚ます。目を大きくみはり、恐怖に顔をひきつらせる。

「安由美、私よ」

安由美がまじまじと見つめてきた。

「ああ、お嬢さま」

あたりを見まわす。

「大丈夫です。男は逃げていきました」

「お嬢さまが追い払ったのですか」

「いえ、私じゃありません」

何人かの町人たちが路地の入口で立ちどまり、早苗たちを心配そうに見ている。

「あの人たちのおかげでしょう。――安由美、立てますか」

「はい、大丈夫です」

よろよろしているが、別にどこも痛めてはいないようだ。

「怖かった……」

安由美は泣きじゃくりはじめた。

「もう大丈夫ですよ」

もしや、と早苗は思った。私がこれまで感じていた眼差しは、安由美に向けられていたものではないのか。

この前、修馬と逢い引きをしたとき、安由美を撒いてしまった。

今さらながら、なんて危ないことをしたのだろうと、ぞっとした。

二

七右衛門とお都久夫婦が世話していた子供たちのことを、勘兵衛と修馬は調べ続けた。

お都久が思いちがいしているわけではないだろうが、まず寺が見つからないことで探索が進まなくなってしまっている。江戸に寺は多く、似たような名の寺だけでなく、同じ名を持つ寺も少なくない。

お都久もおそらく寺の名を何度もきいたわけではなく、三年前に子供たちが預けられた寺を、正確に覚えていないとしても仕方ない。

お都久の口にした四つの寺すべてと、同じ名を持つ別の寺も当たってみたが、惨劇の家から散っていったであろう者たちにつながるものは、いまだに手に入れられていない。

だいたい、みなしごなどの子供を世話している寺がほとんどないのだ。

そういう境遇の子供たちの世話をしている寺などが、一つも見つからないというのも意外だった。調べれば、いくらなんでも一つか二つは見つかるものと考えていた。

日が暮れてから、勘兵衛たちは城に帰ってきた。

修馬が厠に行っているあいだに、勘兵衛は宮寺家の使者と会った。宮寺というのは早苗の家だ。

驚きを禁じ得ない。勘兵衛は使者を帰し、厠から戻ってきた修馬に話した。

「まことか」

修馬が血相を変える。

「修馬、はやく行こう」

なにがあったか麟蔵に報告した勘兵衛と修馬は、城を出た。

勘兵衛たちは番町にやってきた。宮寺屋敷に赴《おもむ》く。

門は閉めきられているが、提灯《ちょうちん》が一つ、灯っている。

屋敷内に招じ入れられた勘兵衛と修馬は、客間で早苗と安由美に会った。安由美には涙の跡が見えている。

「安由美さん、大丈夫かな」

勘兵衛は語りかけた。

「はい、ありがとうございます。だいぶ落ち着きました」

怖かっただろうな、と勘兵衛は思った。

「しかし早苗どのもよく追いかけましたね」

「それは勘兵衛さま、当たり前です。安由美の危機を見すごすわけにはいきませぬから」

「――早苗どの」

やや厳しい声音で修馬が呼びかける。

「当分、二人だけでの他出は控えたほうがよろしい」

「はい」

「もし他出しなければならぬときは、必ず家士《かし》をつけるようにしてください」

「はい、承知いたしました」

修馬が満足げにうなずき、安由美を案ずる瞳をしてから、早苗に問いはじめた。

「どんな男でした」

「それが頭巾をかぶっていて、人相はあまりよくわからないのです。ただ、瞳はずいぶんと鋭いように感じました」

少し考えてから、早苗がいう。

「あれは侍でしたね」

「侍ですと。刀を差していましたか」

「いえ、丸腰でした」

「それなのに侍とわかったのですか」

「ええ、私が懐剣を構えたとき、あの男、身を低くして腰に手をやったのです。あれはそういう習慣があるゆえでしょう」

「ふだんは刀を帯びている者、ということですね。それが今日はどうして帯びていなかったと早苗どのは考えますか」

いわれて早苗が真剣に考えこむ。こういうのは早苗の思案することではなく、勘兵衛たちの仕事だろうが、こういうところが早苗のおもしろさであり、いいところだろう。

「女一人かどわかすのに、刀など必要ないと考えたのかもしれませぬ」

修馬が少し間を置いて、首を縦に振った。

「そうかもしれませぬ」

「早苗どの、おぬしの顔を見られてうれしそうだったな」

宮寺屋敷を離れて、勘兵衛はいった。

「そうかな」

修馬が照れたように答える。

「いや、にやけている場合ではないな。勘兵衛、何者だろう」

「うむ、そいつはなんとしても調べるしかないが、安由美さんが狙いだったとはな」

「意外か」

「安由美さんもきれいだが、早苗どのとくらべたら、というところはある」

「勘兵衛にしてははっきりいうな」

「こういうときは事実だけをまっすぐ見るべきだろう」

「そうだな」

「それなのに、早苗どのではなく安由美さんを狙った。これはなにか意味があるのか」

「どうだろう」

安由美は、男の右手の甲側の手首に二寸ほどの傷跡があったのを見ている。一陣の風が吹き、寒けを覚えてくしゃみをした直後、背後からいきなり口を押さえられ、腹を打たれて気絶させられた、とのことだ。そういうわけで、安由美は男の顔は見ていない。

「早苗どのはおぬしとの逢い引きの際、眼差しを感じたといったのだよな」

「そうだ」

「ということは、そのとき男は早苗どのを見ていたことになる」

「そうだろうな」

「もともと男の狙いは早苗どのだったのではないか」

「それがどうして安由美さんに狙いを移したんだ」

「おまえさんが早苗どのに狼藉をはたらこうとして、投げられたのを目の当たりにしたからではないか」

「じゃあ勘兵衛は、早苗どのが柔をつかうことを知って、男が怖《お》じ気《け》づいたと考えているのか」

「まあ、そうだ」

「だとすると、たいした腕の持ち主ではないということになるな」

「そういうことになるだろうが、油断はできぬ。腕に自信はあるが、危うきに近寄らぬ用心深さを持つ男なのかもしれぬ」

勘兵衛と修馬は、安由美がさらわれかけたあたりを徹底して探ってみた。

しかし夜ということもあって、手がかりとなりそうなものはなにも見つからなかった。

「修馬、引きあげるか。明日の朝はやくまたここに来よう」

しかし修馬が首を横に振った。

「勘兵衛、俺は宮寺屋敷の警固をする」

「泊まりこむつもりか」

「いや、その気はない。屋敷の周囲を見まわるだけだ」

「だがお頭が許可をだしてくれるかどうか、わからぬぞ」

「お頭に話をするつもりはない」

「勝手にやるのか」

「勝手ということはあるまい。旗本の子女が狙われたんだ。これも俺たちの立派な仕事だろう」

狙われたのは子女ではなく子女づきの女中だが、そのことは修馬も承知していっているのだろう。

「わかった。俺もつき合おう」

修馬が目を輝かせる。

「いいのか」

「駕籠かきでいえば、おぬしは俺の相棒だ。片方が担ぐといっているのに、手伝わぬわけにはいかぬ」

「恩に着る」

修馬は、宮寺屋敷のまわりを野良犬のようにうろつきまわりだした。その表情はこれまで見せたことのない真剣さだ。

「悔いは残したくないんだ」

修馬が提灯をかざしていった。

どうやら、と勘兵衛は思った。お美枝を失ったことがまだこたえているのだ。

勘兵衛は黙って一晩、修馬につき合うつもりだった。

屋敷のまわりをぐるぐるまわっているだけというのも、芸がない。近くの辻番所の明かりが見えている。

辻番所にはだいたい年寄りがつめている。仮になにかあったとしても、なにもできないのがはっきりしている者ばかりだ。

勘兵衛と修馬は気を張って見まわっているが、そうはいってもただ歩いているだけではさすがに眠くなってくる。

勘兵衛は、眠気覚ましに茶の一杯でももらおうかという気になった。

そのとき背後に風が揺らめいたような気配を感じた。

なんだ、と思う間もなく体が勝手に動き、勘兵衛は修馬を突き飛ばした。

背中のあたりを鋭い風が吹きすぎたのを感じた。少し冷たさが残ったのは、肌を切り裂かれたためか、と思ったが、痛みはこない。体もちゃんと動く。

勘兵衛は振り向き、斬撃《ざんげき》を見舞ってきた者と相対した。長脇差をすでに抜いている。

いや、相手はいなかった。闇のなか、走り去る足音だけがきこえた。

勘兵衛は追おうとしたが、すぐに足をとめた。追っても追いつけまい。

「勘兵衛――」

修馬がふらつきつつ立ちあがった。かたわらで燃えている提灯が、修馬の横顔を照らしだす。

目が怒りを宿している。

「どうして突き飛ばした」

勘兵衛は驚いた。

「気づいておらぬのか」

「なんだ、なにがあった」

勘兵衛は説明した。

「襲ってきた者だと。どこにいる。逃げたのか」

「そのようだ。一撃に懸けていたようだな」

「どちらが狙われた。俺か勘兵衛か」

「俺のような気もするが」

勘兵衛は気づいて長脇差を鞘におさめた。

「もし勘兵衛だとして、心当たりはあるのか」

「いや」

修馬がじっと見ている。

「自分が狙われたとはわかっている顔つきだな」

「まあな」

「遣い手だったのか」

「ああ」

勘兵衛は、背中に覚えた冷たさを思いだした。懐から小田原《おだわら》提灯を取りだし、火をつける。

「修馬、切れておらぬか」

羽織のうしろを見てもらう。

「大丈夫だ。ほつれもない」

勘兵衛はほっと息をついた。背筋を冷や汗が流れはじめている。

しかし何者だろう。どうして俺が狙われなければならぬのか。

勘兵衛は、謎《なぞ》の遣い手が去っていった方向を見やった。

冷たい風が夜の壁にはね返されることなく吹いているだけで、勘兵衛の問いかけに答えたのは沈黙のみだった。

しくじったか。

背後をうかがう。誰もついてこない。

歩をゆるめ、刀を鞘にしまった。

しかしよけられたか。ふむ、さすがに久岡勘兵衛だけのことはある。

少し甘く見ていたのは事実だ。いくら徒目付随一の遣い手といっても、たいしたことはなかろうと。

やつは、と思った。何度も修羅場をくぐってきている。それはまちがいない。獣の勘と呼ぶべきものを備えている。

あのままやり合っていたら、どうなっていたか。

殺れたかもしれない。だが、殺られていたかもしれない。

とにかく、必ず勝てるという確信を抱かせない相手だ。そんな男には、久しぶりに出会った。

必勝を期すには、正面からまともに勝負を挑むのは避けなければならないというわけだ。かすかに息づかいが荒くなっているのは、やつが予期した以上に遣えるのがわかった驚きもあるのだろう。

とにかく、狙われているのをやつは知った。

次は、背後からの闇討ち、というだけでは殺れないだろう。

もっと策を練らなければならない。

三

うまい。

前川菊之丞《まえかわきくのじょう》は声をあげた。

さすがにいい酒を置いてある。

この楽松という店にははじめて来た。評判の料亭だけのことはある。

そんなことはなく、すんなりと入れてもらえた。予約をしないと入れない店とも耳にしていたが、
菊之丞が通されたのは二階の広間だ。刻限は七つ半（午後五時）というところで、暗くなる直前だったが、二十畳ほどの座敷にはすでに多くの客がいた。

菊之丞は隅のほうに座りこんだ。女中が間仕切りを立ててくれた。そのおかげで誰を気にすることなく存分に酒を飲めた。

もともと酒は好きだ。どんなに飲んでも酔い潰れることはない。

肴もうまい。女中によると、いい牡蠣《かき》が入っているので牡蠣尽くしがお勧めとのことだったので、それを注文した。

吸い物からはじまり、酢牡蠣、焼牡蠣、串揚《くしあ》げ、牡蠣鍋《なべ》、最後は牡蠣ご飯だった。

牡蠣は大ぶりで甘みが強く、いうことはなかった。特に焼牡蠣のうまさには驚いた。口のなかに海の旨みと甘みが一気に広がる感じだった。

酒も進んだ。どのくらい飲んだものか。一升どころではあるまい。

すっかり満足して、菊之丞は勘定をすませた。また寄らせてもらう、と滅多に発しない言葉が口から出たときは、自分でも驚いた。

このいい気分のまま屋敷に帰るのはもったいなかった。

目指したのは、四ッ谷だ。

裏通りにまわり、一軒の店の前に立つ。提灯などなにもかかっていない。かといって暗いわけではない。

耳を澄ませば、猫のような声や甘いうめきがきこえる。

あたたかい時季なら遣り手婆《ばばあ》が店先にいるが、この寒さではいろというほうが無理だ。

ごめんよ。菊之丞は戸をあけた。

「いらっしゃいませ」

階段脇の小さな間にいたばあさんが出てきて、挨拶する。

「いらっしゃいませ。お久しぶりでございますね」

「そうだな」

菊之丞は階段を見あげた。

「お曽乃《その》はいるか」

「申しわけございません、今、ちょっと入ってしまっているんですよ」

「そうか。お勧めの女はいるか」

「いますよ」

「その女を頼む」

菊之丞は袖からおひねりを取りだし、遣り手婆に渡した。中身は一分《ぶ》だ。

「いつもありがとうございます」

ばあさんに案内されて、階段をあがる。

「こちらにどうぞ」

右手の廊下を行った突き当たりの部屋に菊之丞は落ち着いた。

すでに布団が敷いてある。枕《まくら》は二つ。やや赤みがかった色をしている行灯がなまめかしい雰囲気を醸しだしている。

「今、呼んでまいりますので、しばらくお待ちください」

菊之丞は布団に寝転がった。

この店のいいところは、布団がまずまずきれいなことだ。これはほかの店とはちがう。部屋も掃除が行き届いていて、塵《ちり》一つない。

布団の気持ちよさに、菊之丞は目をつむった。

「お待たせしました」

どのくらいいたったのか、女の声がした。

「入ってくれ」

菊之丞は布団の上に起きあがった。

失礼します、と襖をあけて一礼した女は、なかなかきれいだった。切れ長の目がいい。それに色が白い。

そばに来た女を、菊之丞は押し倒した。

「あっ」

女は驚いたような声をあげたが、こういうのにも慣れているようで、すぐに甘ったるい声をあげて菊之丞の首に手をまわしてきた。

あのお箕以《みぃ》という女、なかなかよかったな。これから贔屓《ひいき》にしてやろう。

菊之丞は屋敷に帰った。

門を入り、敷石の上を進む。玄関に着き、式台にあがろうとした。

「どこに行ってらしたのです」

用人《ようにん》の大石雅ノ進《おおいしまさのしん》が廊下を滑るように進んできて、声を荒らげた。

「こんなにおそくまで」

「おそいか」

「五つをすぎています。殿がおっしゃった門限は六つ（午後六時）ですぞ」

六つか、と菊之丞は思った。それでは手習所に通っている子供と同様ではないか。俺はもう二十三だぞ。

「すまなかったな」

殊勝にこうべを垂れた。

「若殿、そんなことでは、それがしはごまかされませんぞ」

菊之丞はにやりと笑った。

「そういきり立つな」

「いきり立ちます」

無理もないか、と菊之丞は思った。昼餉《ひるげ》を食べたあと、この雅ノ進と二人で将棋を指していて、菊之丞は厠に立ったのだ。

形勢が不利だったこともあり、将棋にふとつまらなさを覚え、そのまま屋敷を抜け出た。それきり三刻（約六時間）以上も行方をくらましていたのだから。

「捜していたのか」

「当たり前です」

「雅ノ進、あがってもいいか」

「あ、はい。失礼いたしました」

雅ノ進が二歩ほど下がる。

菊之丞は自室に向かって進んだ。

「若殿、なにをされていたのですか」

うしろからきかれた。

「きかずともわかっているだろう」

振り向き、雅ノ進に酒くさい息を浴びせる。

雅ノ進は顔をしかめた。酒が飲めないのだ。

その隙に菊之丞は自室に入り、布団の上にさっさと横になった。

ようやく酔いがまわってきたようで、今にもまぶたが落ちそうになっている。

四

「どうでした」

大門のところで清吉にきかれた。

「駄目だ」

七十郎は力なげに首を振った。朝日がまともに照らしてきて、まぶしい。太陽には力強さがだいぶ戻ってきているように感じられた。

「調べてくださったようだが、腰村さんとつき合いのあった家に怪しい大名家や旗本はなかったとおっしゃった」

この前、七十郎は怪しい侍が浮かんできたことを報告し、腰村に対して代々頼みをしている大名や旗本のことを調べてくれるように、上役の与力に頼んでおいたのだ。

七十郎は大門を出て、道を歩きだした。

「さようですかい」

清吉が残念そうな顔でついてくる。

七十郎は振り返った。

「清吉、落胆することはない。はなから俺は、こんなものだろうとしか思っていなかったからな」

「あてにしていなかったんですかい」

まわりをはばかるように清吉が小声できく。

「一縷《いちる》の望みくらいはあった。だが、そうだな、あまりあてにしていなかったな」

やはり、と七十郎は思った。自分で調べを進めてゆくしかない。

上役はつまるところ役人でしかない。しかも同心とはくらべものにならないほど、大名や旗本からの付け届けがある。

「しかし旦那、これからどうします」

「そうさな、自分の上役があてにならぬとなったら、頼みどころは一つだな」

清吉もすぐに閃《ひらめ》いたようだ。

「久岡さまたちですね」

「そういうことだ。はなからあちらに頼めばよかったかな」

「いや、しかしそういうわけにもいかないんじゃないですかね」

「そうだな。いろいろと縄張のことなどもあって、まずは上役に頼らなきゃどうにもならぬからな」

「でも、腰村の旦那の一件は、奉行所のほうにばれないようにしないといけませんね」

「そのあたりは大丈夫だ」

七十郎は自信たっぷりに請け合った。

「そのあたり、久岡さんたちは心得ている。内密にやってくれるさ」

「じゃあ、お城に行きますか」

「いや、そこまではいい。そのうち市中見まわりに出てくるだろう。そのとき番所のほうにも来てくれると思う」

「この刻限だと、お二人はまだ城内の見まわりでしょうね」

「そうだろうな」

「それまでどうしますか」

「本来の仕事をしよう」

七十郎と清吉は市中見まわりに精だした。

「旦那」

歩きながら清吉が呼びかけてきた。

「腰村の旦那の事件のほう、なにか進展はあったんですかね」

「俺たちが調べた侍以外のことでか」

七十郎は思案した。

「いや、なにもない。同心詰所は暗く沈んでいた」

「そうですか」

「だが、今はそういうときなんだろう。流れは滞《とどこお》っているが、いずれ堰《せき》を切ったように一気に解決まで流れだすはずだ」

久しぶりに四ッ谷界隈《かいわい》をまわった気がしたが、異常はなにもなかった。腰村弥兵衛に直八というむごたらしい殺しが二件あったとはいえ、江戸の人々はそんなことに関係なく、たくましく生きている。市中は平穏そのものだった。

途中、蕎麦切りで腹ごしらえをし、昼八つ（午後二時）近くになったとき、七十郎は奉行所のほうへと足を向けた。もう勘兵衛たちがあらわれてもおかしくない刻限だった。

四ッ谷門をくぐろうとして、七十郎は立ちどまった。

「どうかしましたか」

「いや、あの男なんだが」

半町ほど先の路上に一人の男が立ち、江戸城の堀を見つめて、ぼんやりとしている。四ッ谷伝馬町《てんまちよう》一丁目と西久保天徳寺《にしくぼてんとくじ》門前町の代地との境目だ。

「知っているんですか」

「まあな」

「まだ子供っていっていい歳みたいですね。それにしては、なにか深刻そうな雰囲気ですねえ。身投げでもするつもりに見えますよ。とめたほうがいいんじゃないですかい」

七十郎は足を踏みだした。あと十間ほどというところで、一人の僧侶が男に声をかけた。

「どうかされたのかな」

男は答えない。うつむいている。

「なにか妙なことを考えているのではなかろうな」

男はじっと黙っている。そこに僧侶がいることなど、気づいていない様子に見える。

僧侶が男の前にまわりこむ。

「どうかされたか、きいておるのだけどな」

男がはっとした。

「これはお坊さん」

ていねいに頭を下げる。

「どうかされたのかな」

「いえ、なんでもありません」

「なんでもない顔には見えんのだけどなあ」

「いえ、本当になんでも……」

「なにがあったか知らんが、拙僧《せっそう》に話してみんか」

男が迷いを見せる。

「話したところで……」

語尾を途切れさせた。

「話をするだけでもだいぶちがいますぞ」

男が大袈裟にため息をついた。もう一つ息を吐いてから、ゆっくりと話しだす。

自分はとある商家の丁稚《でっち》をしている。今日はじめて得意先の商家に集金に行った。五両という金。奉公先にはたいしたことのない金だろうが、自分にとっては大金。気をつけていたつもりだったのだが、いつの間にかなくしてしまった。どこかに落としてしまったようだ。

「一刻以上、捜しまわったんですけれど、見つからないんですよ」

「それで、まさか堀に飛びこもうとしていたのかね」

「いえ、そんなつもりはありません。ただ、どうしたらいいかわからなくて……」

男が泣きだす。

「五両か」

僧侶が懐のなかに手を突っこみ、巾着《きんちゃく》を取りだした。なかを探り、小粒を取りだした。

「五両にはほど遠いが、取っておきなさい」

男の手に握らせる。

「えっ、しかし」

「いいんだよ。奉公先には拙僧が一緒に行って、口添えしてやってもよい」

「いえ、そこまでは……」

七十郎はさすがにあきれた。

「ずいぶんと人を信じやすい坊さんだな。ああいう人がいるから、この世を渡っていてうれしくなるのも事実なんだが」

僧侶にきこえないようにつぶやいた。

「えっ、今の話、嘘なんですかい」

清吉が意外そうにきく。

「清吉も信じたのか。町方の中間がどうかしているぞ」

七十郎は早足で歩み寄った。

「玉蔵《たまぞう》、そこまでにしておけ」

男がぎくりとする。

「あっ」

七十郎を見て一瞬、逃げだそうとしたが、清吉が逃げ場をふさぐようにすると、すぐにあきらめた。

「お役人、なにか」

僧侶が不思議そうにする。

「御坊、この男、かたりなんですよ。いくつものつくり話を持っていて、さっきの奉公先の話もそうです。だいたい、五両というのを相場にしていますね」

驚いて僧侶が玉蔵を見る。

「玉蔵、金を返せ」

「はい」

玉蔵があきらめて僧侶に渡す。

「御坊、もう行かれたほうが」

「そうさせていただきます」

巾着をしまい、一礼してそそくさと歩きだす。

七十郎は遠ざかる姿を見送ってから、玉蔵に向き直った。

「もうやめろっていっただろうが」

「でもあっしには、これしかないものですから……」

「お美砂《みさ》の病はまだ駄目か」

「はい」

旦那、と清吉がささやいてきた。

「お美砂というのはこの男のなんですかい」

「妹だ」

「妹の病というのは本当なんですかい」

「本当だ。まだ十二でな、ずっと寝たきりなんだ」

七十郎は玉蔵に向き直った。

「まともに仕事しようという気にはならんのか」

「その気はあるんですけど、あっしにできることといっても……」

「玉蔵、おまえ、いくつになった」

「稲葉の旦那、ご存じでしょ」

「おまえの口からききたいんだ」

「二十一ですよ」

「ええっ」

清吉が驚く。

「子供のように見えるが、いい歳なんだ」

こんな小さな体で人足仕事というのも無理だろう。見かけは器用に見えるが、実は不器用この上ないから、細かい仕事を求められる職人も無理だ。

七十郎は鬢《びん》をがりがりかいてから、財布を取りだし、二分を玉蔵に握らせた。

「いいか、これが最後だ。もし同じことをしているのを見つけたら、今度は遠慮なくしょっ引くからな。おまえがしょっ引かれて泣くのは、お美砂だからな、そのあたりは心しておけ」

「ありがとうございます、助かります。ええ、もう決してかたりはしません」

玉蔵はぺこぺこと辞儀をして、七十郎の前を去っていった。

「旦那、あんなにやっていいんですか」

「ああ」

「もう一度ききますけど、旦那、妹の病というのは本当なんですね」

「まちがいない」

七十郎は笑みを見せた。

「何度か見舞ったことがある。ひどくやせ細っていて、医者にかかっているし、長屋の女房の世話にもなっている」

「医者は旦那が紹介したんですか」

「そうだ」

清吉が、とうに見えなくなった玉蔵の姿を追うように眼差しを送った。

「あの男、本当にかたりをやめるんでしょうかね」

「いや、まずやめぬな。俺だってもう四度は同じ言葉を告げている」

「でも旦那、それじゃああの男、いつかほかの人にお縄になっちまいますよ」

「そうだな。その前になんとかしなきゃと思ってはいるんだが」

七十郎は清吉と一緒に南町奉行所に戻ろうとした。

その前に、勘兵衛たちに会うことができた。

「おう、七十郎」

勘兵衛のほうから声をかけてきた。

「ああ、いいところでお目にかかれました」

七十郎はいって、勘兵衛と修馬に近づいていった。

「相談があるんです」

「深刻なことか」

「いえ、それほどでも」

「立ち話でも大丈夫か」

「ええ、それは大丈夫です」

「きこう」

勘兵衛はいってくれたが、どこか声に張りがない。よく見ると、二人とも疲れた顔をしている。

「なにかあったんですか」

「眠いんだ」

勘兵衛がなにがあったか話した。

「へえ、徹夜ですか」

「少しは寝たんだが」

腰村殺しにどこかの侍が関わっていると七十郎が話したら、勘兵衛と修馬は鱗蔵にあげることを力強く約束してくれた。


城に入り、詰所に戻ってきた。

詰所には鱗蔵以外、誰もいない。

「どうした、なにかあったのか」

二人で鱗蔵の前に行くと、さっそくきいてきた。

勘兵衛は七十郎からきいたばかりのことを、鱗蔵に告げた。

「ほう、侍がな。なかなか興味深いではないか」

「それがしもそう思います」

「よし、わかった」

鱗蔵が深くうなずく。

「殺された腰村弥兵衛のつき合いのあった家をあらためて調べてみよう」

このあたりはさすがに頼もしく感じられる。

「勘兵衛。心当たりはあるか」

昨夜の襲われた一件のことだ。

「はい、屋敷で一眠りした際、いろいろ考えてみました」

「それで」

「なにもわかりませぬ」

ぎろりとにらみつけてきた。

麟蔵の冷たい眼差しを久しぶりにまともに浴びたような気がして、勘兵衛は背筋をのばした。

「とっとと思いだせ」

勘兵衛はこうべを垂れた。

「はっ、承知いたしました」

五

「それで勘兵衛、どうする」

声をかけられて勘兵衛は修馬を見た。

「早苗どのの警固はせずともいいのか」

「昼間は大丈夫だろう。他出はせぬといっていたし」

「また今宵も警固をするのか」

「当然だ」

修馬が見つめてきた。

「つき合ってくれるのだろうな」

「よかろう」

即座にいった。

「助かるよ」

修馬がそっと息をつく。

「正直、もし昨夜の侍が俺を狙っていたとしたら、勘兵衛抜きでは俺などすぐに斬られてしまうからな」

「修馬が狙いではない」

「だが、まだはっきりと決まったわけではないんだろう」

「それはそうだが、十中八九、俺が狙いというのは紛れもない」

「そうか……」

修馬が気の毒そうに見てきた。

「なんだ、その目は」

「いや、これまでだってだいぶ狙われてきたんだろう。勘兵衛もたいへんだなあ、と思

「今朝、屋敷に戻った際、美音に昨夜のことを話したんだ。いわずともどうせ美音には見抜かれるから、いつも俺のほうから口にするんだが、そうしたら美音が、また狙われたのですか、とあきれ声をあげた」

「ずいぶん余裕があるではないか。どうしてそういいきれる」

「大丈夫さ」

ってな」

「それで」

「あなたさまはどんなことがあっても大丈夫です、と笑顔でいわれた」

「ほう。信頼されているんだな」

「というより、俺を元気づけようとしてくれているんだろう。だが、俺は美音の言葉は素直に信じられるから、いわれるたびにいつもきっと大丈夫だと思えるようになる」

「それが勘兵衛の余裕のもとか」

修馬が笑みを見せた。

「うらやましい夫婦だな」

「おぬしもなれるさ」

「なれたらいいな」

修馬が遠い目をする。その眼差しの先に誰が見えているのか、考えるまでもない。

「勘兵衛、もう一度きくが、これからどうする」

「そうさな」

勘兵衛は眠い目をこすった。

「お美枝さんが世話していた子供たちはどうだ。もう一度、直八、玄助と親しい者の名をきいてみるか」

「そうだな、何度も同じ問いをすべきであるのは、確かなようだしな。そのときは答えられなくとも、二度目の問いのときは答えが得られることもあるらしい」

勘兵衛と修馬は小日向松枝町に足を運んだ。

「あっ、修馬のお兄ちゃん、いらっしゃい」

庭で遊んでいた子供たちがいっせいに寄ってきた。

「今日は手習はないのか」

「もう終わったんだよ」

進吉が笑いかけてきた。

「お師匠さんがいなくて、修馬のお兄ちゃん、残念そうだね」

お師匠か、と勘兵衛は思った。お久実といった。子供たちによれば、お美枝に似ているとのことだ。

「そんなことはない」

修馬がきっぱりと否定する。

「修馬のお兄ちゃん、無理してるね」

「無理などしておらぬ」

「そういうことにしておくよ」

「進吉、ちょっとみんなを集めてくれ」

「もう集まっているよ」

「ああ、そうだな」

修馬が子供たちを見まわす。

「ききたいことがある。直八と玄助のことだ。三年前、この二人はこの家を離れたな。二人ともなにかを決意したような顔だった、とこの前きいたが、三年前、なにがあったのか、思いだした者はおらぬか」

子供たちは考えてくれたが、それは修馬に対しての思いやりのようだ。すぐに、知らないと答えては悪いと誰もが考えている。

「そうか、わからぬか」

勘兵衛は歩を進め、修馬と肩を並べた。

「俺からもききたいことがある」

「なんでもきいて、頭の大きなおじさん」

「進吉、頭の大きなおじさんではないと前からいっているだろう。この男には久岡勘兵衛という立派な名があるんだ」

「ああ、そうだったね」

「そうだ。いいか、もう二度と頭の大きなおじさん、と呼ぶなよ」

「わかったよ。もういわない」

勘兵衛は子供たちの顔を見渡した。瞳がきらきらしていて濁りがない。少しまぶしいものを覚えた。俺も昔はこういう目をしていたのだろうか。

いつ人の嘘を見抜くためだけの鋭い目に変わってしまったのか。

「ききたいのは、おまえさんたちと同じ境遇の者にこれまで会ったことがないかということだ」

子供同士というのは、そういう縁を持ってはいないだろうか。同じにおいというか、体にしみついているものが同じというか、似たような境遇にいると、そういうのが見抜けるようにならないか。

「どうかな、会ったことがないかな」

誰も答えない。

「あるよ」

年かさの男の子が不意にいった。

「靖吉《やすきち》、本当か」

「本当だよ、修馬のお兄ちゃん。この前、小石川にしじみをとりに行ったとき、話しかけてきた男の子がいたんだよ。そんなに仲よくはなりはしなかったけれど、どこに住んでいるか、お互いに話した」

「その男の子はどこにいると」

寺だよ、と靖吉は答えた。

「寺の場所はきいたか」

「もちろん」

ありがとう、と勘兵衛は礼を述べた。

「本当に助かる。ほかに同じような子供に会った者はおらぬかな」

いなかった。

勘兵衛と修馬は、靖吉が口にした寺にさっそく向かった。

寺は苑寂寺《えんじやくじ》といい、田んぼに囲まれている境内に、いくつかの建物が見えた。

勘兵衛たちは山門を見あげた。

子供たちの元気のいい声がきこえる。勘兵衛と修馬はうなずき合い、十段ほどの階段をあがった。

あけ放たれた山門からなかをのぞいた。

二十人近い子供たちが歓声をあげて走りまわっている。鐘楼《しょうろう》にあがったり、灯籠《とうろう》をぐるぐるまわったりしていた。鬼ごっこに興じているようだ。

左側には緑の濃い庭が広がっていて、そんなに手入れされているとはいえないが、うまい具合に調和を保っている。この境内の景色にすんなりと溶けこんでいた。

「こんにちは」

修馬が子供に声をかける。

一人の男の子が足をとめ、修馬と勘兵衛を見あげてきた。

「いらっしゃい」

「和尚さんはいるかい」

「あそこに」

男の子が指さしたのは庫裏《くり》のようだ。

「ありがとう」

男の子が勘兵衛をじっと見ている。

「頭が大きいだろう。こんなにでかいの、見たことないよな」

にこりとして修馬が話しかける。

「ちゃんと歩けるの」

「生まれたときからこんな頭だから、慣れたものだ」

修馬が男の子と同じ高さに腰をかがめた。

「和尚さんはなんていう名だい」

男の子が答える。

「ありがとう」

勘兵衛と修馬は庫裏に向かって足を進めた。

「秀《ひで》ちゃん、鬼がなにしてるんだよ」

「そうだよ、鬼が追いかけなきゃ鬼ごっこになんないよ」

「ごめんよ」

秀ちゃんと呼ばれたさっきの男の子が走りだす。また歓声が戻ってきた。

勘兵衛は自然に頬がゆるんだ。隣で修馬も同じだった。

小さな庭の枝折戸を入り、庫裏に訪いを入れた。すぐに障子があき、住職らしい僧侶が顔を見せた。

顎ひげをたくわえているが、それはもう真っ白だ。老僧といっていい。

「泉重《せんちょう》和尚ですか」

「さようですが」

にこにこ笑っている。

勘兵衛たちは名乗った。

「ほう、御徒目付さん。長く生きていますが、はじめてお会いします」

泉重が濡縁を示す。

「こらちに座りませんか」

勘兵衛と修馬はその言葉に甘えた。

「今、お茶を持ってきましょう」

「いえ、けっこうです」

勘兵衛は遠慮したが、泉重がやわらかく首を振った。

「お城からこんな遠くまで来なすったのでしょう。喉が渇いておらぬはずがない。それに、拙僧が飲みたいのでな」

泉重は五十ほど数えるあいだに戻ってきた。

「鉄瓶に湯がわいてて、ちょうどよかったですわい」

手にした盆を置き、勘兵衛たちの前に湯飲みを置く。

「どうぞ、召しあがってくだされ」

「では、ありがたく」

そんなに熱くはいれていない。かといって、喉を鳴らして飲めるほどにぬるくもない。甘みと苦みがほどよく感じられ、口のなかがさっぱりした。

「おいしい」

勘兵衛はつぶやいた。

「そうじゃろう」

泉重が相好《そうごう》を崩す。目のしわが深くなったが、それで人としての愛嬌が増していた。あたたかな人柄であるのは疑いなく、だからこそこれだけの子供の面倒を見ているのだろう。

勘兵衛はほのかな熱を残す湯飲みを握り、境内で遊ぶ子供たちを見つめた。

子供たちは貧しい身なりだが、生き生きしている。肩を寄せ合って生きている感じを、強く受ける。

侍がこういう子供たちを助けてやらねば、と勘兵衛は思った。

「して、ご用件はなんですかな」

修馬が一礼してから、話した。

「玄助さんに直八さん。この二人と親しかった子供を捜していると。残念ながら、小石川橋戸町から当山に来た子供はおりません」

「さようですか」

「お役に立てず、すまなんだのう」

泉重は心から申しわけなさを覚えている。

「いえ、そんなに頭を下げられると、恐縮してしまいます」

勘兵衛は、この寺と同じように身寄りのない子供たちの面倒を見ている寺や家がないか、たずねた。

「面倒など見ていませんよ」

泉重が穏やかな表情でいう。

「子供たちは勝手に大きくなっていきます。拙僧のほうが毎日元気をもらい、育ててもらっていますよ」

泉重は謙遜ではなく、本音でいっていた。

「当山と同じようなところですな。ございますよ」

泉重はいくつかの寺を教えてくれた。

「ありがとうございます」

勘兵衛と修馬は深々と辞儀した。

「では、これにて失礼いたします。お茶、ごちそうさまでした」

勘兵衛は財布から一両を取りだし、些少《さしょう》ですが、と泉重に差しだした。

「ありがとうございます。子供たちのためにつかわせていただきます」

合掌してから受け取った。

「是非また寄ってくだされ」

必ず、と二人は同時に答えた。

「いい和尚さんだったな」

山門をくぐり、階段をおりているとき修馬がいった。

「うん、本当にそうだ」

「しかし勘兵衛、一両とは思いきったな」

「そのくらい安いものだ」

「一文もやらぬ俺が恥ずかしかった」

勘兵衛は首を振った。

「俺の勝手でしたことだ。修馬が恥じることはない」

勘兵衛と修馬はそれからいくつもの寺を訪ね歩いた。日暮れがもうそこまで迫っているときに、橋戸町の家にいた子供を見つけた。

「おまえさんは、小石川橋戸町で七右衛門とお都久に世話になっていたんだな」

修馬が一人の男の子にきく。

「うん、そうだよ。あの家にいられなくなったから、この寺に来たんだよ」

「橋戸町の家から来たのは、一人か」

「ううん、為助《ためすけ》がいる」

「呼んでもらえるか。二人一緒に話をききたいんだ」

すぐに為助がやってきて、勘兵衛たちは本堂の階段に腰かけた。

「おまえさん、名はなんと」

男の子は糸太郎《いとたろう》と答えた。

「おまえたち、直八と玄助という二人のことを知らないか」

「うん、知ってるよ。二人とも橋戸町の家によく来てたから」

「直八と玄助の知り合いがいたんだな」

修馬が続ける。

「そう、夏吉兄ちゃんと竹次兄ちゃん」

「夏吉と竹次か」

「四人は同じ村の出だから。あと一人、同じ村の人がいたよ。一度だけあの家に遊びに来た」

直八や玄助は、同じ村から五人で出てきたのだ。

「そのもう一人だが、なんていう」

為助と糸太郎は同時にかぶりを振った。

「知らない。もう三年以上も前のことだし、話をしたわけじゃないし」

「でも五人ともみんな同じような歳で、本当に仲がよかったんだよ」

「夏吉と竹次は今、どこにいる」

「知らない」

「どうしてだ。橋戸町に一緒にいた仲だろうに」

「だってわかれたあと、おいらたち、連絡なんか取っていないもの」

「そうか」

為助と糸太郎とわかれた勘兵衛は庫裏に寄り、住職に布施《ふせ》を渡した。

「これはありがとうございます」

住職が恐縮して受け取る。

勘兵衛たちは顕参寺《けんざんじ》という扁額《へんがく》がかかった山門を抜け出た。

直八と玄助。そして夏吉、竹次。さらに名の知れないもう一人の男。

とにかく、次にすべきことは夏吉と竹次の二人を捜しだすことだ。

だが今、いったいどこにいるのか。玄助と一緒なのか。

六

「あのときは楽しかったなあ」

竹次がぽつりとつぶやいた。玄助が見ると、なにかを思いだした顔をしている。

「楽しかったってなにが」

「村祭りさ」

楽しかった村祭りというと、かれこれ十年近くさかのぼらなければならないだろう。

「あの頃はまだ物成《ものなり》がよくて、村は豊かだったからな」

「うん、祭りが楽しみでさ、あの日だけだものな、腹一杯食べさせてもらえるの」

「酒も飲めたな」

「ああ、甘くてうまかった」

「でも、竹次は団子、団子ばっかり食べていたなあ」

「だってあの団子、うまかったんだぜ。俺には酒より団子だったなあ」

玄助はくすりと笑った。

「どうして笑うんだよ」

「あの団子がうまかったのは認めるよ。でも竹次が団子ばかりほおばっていたのは、お光奈《みな》ちゃんが団子をつくっていたからだろう」

「ちがうよ」

竹次が真っ赤になって否定する。

「ちがいはしないだろう。お光奈ちゃんの顔を見たくてならないのに、なかなかまともに見られなくてさ、俺は竹次を見て、なんとか助けてあげたいと思ったよ」

竹次がはっとする。

「だからあのとき玄助、お光奈ちゃんに話しかけたのか」

「そうさ。二人の仲を取り持ってやろうと思ったんだ」

「でも結局、お光奈ちゃん、それがきっかけで玄助のこと、好きになっちまったんだよなあ、まいるよ」

「ちょっと待て」

玄助はあわてていった。

「そんなのは初耳だぞ」

「でも、そうだって俺は別の女の子からきいたぞ」

「いや、それは知らなかったなあ。……本当なのか」

玄助はただした。

「もうそんなのはどうでもいいじゃないか」

そういって本堂に夏吉が戻ってきた。柱を背に座りこむ。

「いったい何年前の話をしているんだ。お光奈だって、今いったいどうしているか」

その通りだ、と玄助は思った。村は以前の豊かさを取り戻したのか。取り戻したのであれば、もうとうにお光奈は嫁に行っただろう。

取り戻していないのだったら、宿場女郎《しゅくばじょろう》にでもなっているかもしれない。

あの頃、村や村のまわりでは一家が食べるために娘を売る家が続出した。十年前、お光奈は七つくらいだったから、まだ売られてはいなかったが、あれからどうしたか。女郎に売られていないほうが不思議だろう。それほど村は悲惨だった。

あの楽しかった村祭りの翌年から、天候はおかしくなった。梅雨《つゆ》はほとんど雨が降らず、ようやく降ったと思って田植えをしたら、地面がすべて流れてしまうのではないかという土砂降りがあった。

山から鉄砲水が出て、すべての稲は土ごとどこかに流れ去った。残ったのは、岩や大木が山のように積みあがった、荒れ地のような田んぼだった。

すでに田んぼと呼べるものではなかったが、村人たちは力を合わせて岩を動かし、大木を取り除いた。土を起こし、翌年の田植えができるところまで汗水垂らして持っていった。

蔵に残った種籾《たねもみ》をまき、苗を育てた。その年の梅雨は雨がふつうに降り、田植えは順調に終わった。

ところが、今度は梅雨がなかなか明けなかった。毎日雨が降り続き、村の者は夏だというのにどてらを手放せなかった。

当然、稲は育たず、その年の年貢を払うために娘を売る者が多くなった。

どうして年貢のために娘を、と玄助は政《まつりごと》の理不尽さを覚えたが、どうすることもできなかった。

翌年の梅雨はまたもほとんど雨が降らず、田植えはままならなかった。それでもお湿り程度に雨が降ったとき、村の者はいっせいに田植えを行った。代官から借りた金で種籾を買い、必死に育てた苗だった。

だが今度は干ばつが襲い、稲は干あがった田のなかであっという間に枯れていった。

そういうときでも、代官の年貢の取り立ては容赦なかった。しかも金まで貸しつけられていて、またもほとんどの家で娘をさらに売るしかなくなった。

村で、女衒《ぜげん》を見ない日はなかったといってよかった。娘はむしろ幸せなんだ、と女衒の一人がいっていたのを、玄助は思いだした。もう飢えることはないのだから。飯は三食食べられる。うらやましいくらいさ。

あの頃のひもじさも思いだした。飢饉《ききん》とまではいかなかったが、どこの家でも間引きは当たり前で、二男、三男など、家にいても厄介者扱いされるだけだった。

このままでは稲と同じように干あがっちまう。玄助たちは顔を突き合わせるたびに相談した。村を捨てるか。

村を捨ててどうする。どこに行くんだ。

江戸だ、江戸に行こう。このまま村にいても、いいことなんかなにもない。

江戸かあ、と玄助は南の空を眺めたものだ。あの空の下に江戸はあるときいていた。遠いところ、という思いしかなかった。人がとにかく多いというのもきいていた。

江戸に行きさえすれば、ひもじさはなくなるのか。

わからない。わからないけど、ここにいるよりましだろう。

いや、きっといい暮らしが待っている。

とにかくありったけの食い物と金を手に、玄助たちは五人で江戸を目指した。

しかしすぐに金も食い物も尽き、途中でくじけそうになった。まだ十二、三の者ばかりで、村が恋しくなったのだ。それに、考えていた以上に江戸は遠かった。

夏吉があとの四人を叱咤《しった》した。村に帰ったところで、いいことなんかありゃしない。俺は石にかじりついてでも江戸に行くぞ。

夏吉は、おまえらが倒れたら俺は見捨てて一人で行くからな、と宣するようにいっていたが、実際に体の弱い五助が倒れると、背負ったりした。

あのときのことを思いだして、玄助は胸が熱くなった。しみじみと夏吉を見た。

「なにを見ているんだ」

「いや、なんでもない。夏吉はいいやつだなあ、と思ってさ」

「なにをいってるんだ。あまりに腹が減って、頭がおかしくなったんじゃないのか」

「かもしれない」

五人はほとんど餓死寸前だったが、なんとか江戸にたどりついた。

五人を救ってくれた人は、袈裟をまとっていた。

柳松寺《りゅうしょうじ》の浄隠《じょういん》和尚だった。

やさしい住職だったな、と玄助は思った。あのお方がいらしたからこそ、俺たちは生きられたんだ。

浄隠和尚。なつかしくてならない。また会いたい。

玄助は、目が潤んでいるのに気づいた。涙が床に落ち、ぽたりと小さな音を立てた。

七

直八殺しは気になっている。

なんとか解決に導きたい。

だが、今の七十郎は腰村弥兵衛殺しのほうに力を傾けている。直八殺しは勘兵衛たちにまかせておけば、きっと大丈夫だろう、という気持ちがある。

七十郎は再び奉行所の書庫にいた。腰村殺しにもし侍が関わっているのなら、またちがう目で書類を見なければならない。

この前、この書庫で書類を繰ったときは一年以内のことに限ったが、今回はどこまでもさかのぼるつもりだった。

書類に眼差しを注いでいるのにも疲れ、七十郎は顔をあげた。

「清吉、大丈夫か。目が疲れないか」

「疲れましたねえ」

清吉が軽くこする。

「明かりをもっと持ってくるか」

ここにあるのは燭台が二つだけだ。

「いえ、いいですよ。はやいところ、終わらしちまいましょう」

清吉がまた書類に目を落とす。

「旦那、腰村の旦那の縄張内であったことだけ見ればいいんですよね」

確認するようにいう。

「そうだ。一つも見逃さないでくれ」

しばらく七十郎と清吉は書類を見ることに集中した。書庫内の暗さもあまり気にならなくなった。

七十郎のなかで、これは、という事件はない。こそ泥や追いはぎなどはあるが、それはいずれもつかまっている。掏摸《すり》も何件かあるが、これもお縄になっていた。

なかなかないものだな、と七十郎は思いながらさらに書類を見続けた。

「旦那、これはどうですかい」

清吉がよく見えるように書類を差しだす。

七十郎は書類を受け取り、清吉が指を置いたところを読みはじめた。

それは三年前のことで、寺が火事になり、住職と寺男《てらおとこ》が焼死したという事件だった。

寺社《じしゃ》奉行から要請があり、町奉行、与力を通じて腰村にも探索の命《めい》がくだされた。

「寺か」

七十郎は顎に手を当て、むずかしい顔になった。

「いや、はなから腰を引いているのでは同心として失格だな」

七十郎はもう一度事件を読み返した。なにかあるのではないか。そんな気がした。

「清吉、俺はこの寺の火事の裏になにかあるのではないか、と思う」

「さようですかい。あっしも同じことを感じたんですよ。目を皿のようにして捜した甲斐《かい》があったというものですよ」

清吉は満面の笑みだ。

「旦那、その事件、まだ解決していないんですかね」

「もし腰村さんが当たっていたとして、わざとなにもしなかったのなら、解決してないだろう」

七十郎はもう一度じっくりと事件の詳細を読んだ。

火事になった寺は、柳松寺といった。幸いにも火事の延焼はなく、寺の庫裏だけが焼けたらしい。二人の死骸はその庫裏で見つかっている。

どうして火事になったのか、それは不明のままのようだ。今と同じ寒い時季で、火をつかうことが多いから、失火かもしれないが、付け火ということも十分に考えられる。

二人を殺し、殺しの証拠を消すために庫裏に火を放った。その下手人を腰村は知っていたのだろうか。知っていて知らぬ顔を決めこんだのか。十分に考えられる。その三年前の事件のからくりに気づいた者に、腰村は責められた上、殺されたことになるのか。

責められたのは、誰をかばっているか吐かせようとされたからか。腰村がかばっているのは、やはり若い侍なのか。おそらくまちがいないだろう。こう考えると、筋としてちゃんと通っているように思える。

七十郎は清吉を連れ、寺社奉行宅に向かった。

寺社奉行は、奉行に任命された者の屋敷がそのまま役宅となる。

寺社奉行は町奉行、勘定《かんじょう》奉行と並び三奉行と称される。ただ、ほかの二つは旗本職だが、寺社奉行は大名がつとめる。

寺社奉行は日本中の僧侶、神官に目を光らせるのがその役目だ。

しかし残念ながら、探索力はほとんどないといっていい。それまでろくに探索などしたことのない大名の家臣がいきなり大検使《だいけんし》、小検使と呼ばれる身分になるのだから、それは仕方ないことだろう。

とにかく、寺社奉行の役宅に行き、この柳松寺の火事の一件を調べることで、はっきりと見えてくるものがあるのではないか、と七十郎は期待している。

八

直八と玄助と同じ村の仲間は、進吉たちのいった通り、全部で五人だったのがこれではっきりした。

直八、玄助、夏吉に竹次。

もう一人、名のわからない男のことを勘兵衛としては知りたかった。

みなしごの為助と糸太郎は、その男に三年以上も前に一度会ったことがあるといったが、その後は会ったことがないともいっていた。

宮寺屋敷への道を歩きながら、勘兵衛は考えた。

「ちょっと強引すぎるかもしれぬが、一度しか為助たちが顔を見ておらぬということは、三年前にその男の身になにかあったのではあるまいか、ということだ」

修馬が少し考えたのち、顔を向けてきた。

「なにがあったと思う」

「わからぬ」

ふと勘兵衛は思いだしたことがあった。

「そういえば、この前、進吉たちに会ったとき、玄助、直八が家を出ていったのは三年前だったと話していたな」

「ああ、覚えている」

修馬が深くうなずく。

「二人があの家を出たのは三年前だ。まちがいない。となると、勘兵衛、そのことと関係しているのかな」

「考えられる」

「同じ村の出だから、五人はもともと仲がよかったんだよな。それがどうしてか、一人減った」

「その一人になにがあったのか」

「死んだのかな」

修馬がはっとする。

「まさか殺されたのではあるまいな」

「俺も今そいつを考えていた」

そのことが、今回の直八の死につながっているのか。

修馬が顎をなでさすっている。そのために、提灯が風もないのに揺れている。

「勘兵衛、お美枝が育てたも同然の子供たちなら、やっぱりなにか知ってはいないだろうかな。玄助は、直八から三年前のことをきいておらぬだろうか」

「行ってみるか。だがもう夜だぞ。子供たちは寝ておらぬか」

「いくらなんでも大丈夫だ。夜といっても、まだ六つ半にもなっておらぬ」

「俺が子供のときは、寝ていた」

「本当か。それはまたずいぶんはやいな」

小日向松枝町の家には、じんわりと空からおりてきた寒気をはね返すように、あたたかな明かりが灯っていた。

修馬が訪いを入れる。からりと障子があき、子供たちが顔を見せた。

「あれ、また来たの」

「うれしいだろう」

「うん、うれしい」

「ねえ、修馬のお兄ちゃん、頭の大きなおじさん、ご飯、食べてく」

「なんだ、食事中だったか。いや、いい。おまえたちが腹一杯食べられなくなったら、ことだからな」

なかから益太郎とお路の夫婦も出てきた。

「おそくにすまんな」

「いえ、お二人のお顔を見ると子供たちも喜びますので一向にかまいません。それで、なにかありましたので」

「うん、子供たちにききたいことが一つできてな」

「でしたら、おあがりください。そちらはお寒いでしょう」

「ありがたい」

勘兵衛と修馬は子供たちが一杯の座敷に腰をおろした。子供たちの食事は終わる寸前で、白湯《さゆ》を飲んでいる者がほとんどだ。

子供たちがわいわいがやがやと片づけをはじめた。皿の鳴る音だけでなく、ちょっとした喧嘩もはじまっている。ほかの子たちがあいだに入ってすぐにおさまったが、すごいものだな、と勘兵衛は感じざるを得なかった。

「勘兵衛、これが毎晩、繰り返されているんだ。とんでもない話だよな」

「ああ、益太郎たちはたいへんだ」

そして、一人で面倒を見ていたお美枝はもっとたいへんだっただろう。

でも修馬の話をきく限り、明るい性格だったようだから、おそらく苦になどしていなかったのではあるまいか。

片づけを終えた子供たちが勘兵衛たちの前に集まった。

「もう一度きくが、三年前のことだ。直八と玄助がこの家を出ていったな。そのときのことを誰か覚えておらぬか」

修馬が子供たちの顔を見渡す。

「出ていく前のことでもいいの」

一人の女の子がいった。この子は十三、四くらいか。古くからこの家にいるのだろう。

「ああ、いいぞ。お幾《いく》、なにか思いだしたことがあるのか」

「この前、修馬のお兄ちゃんと頭の大きなおじさんが来たとき、ちょっと引っかかったことがあって、ずっと気になっていたの」

「それはなんだ」

「直八ちゃんと玄助ちゃんが出てゆくのを決めた二日か三日前だと思うんだけど」

「うん」

「その夜、二人は友達と飲みに行くといって出ていったの。でも、帰ってきたときは素面《しらふ》で、お酒を飲んでいなかったのはすぐにわかったわ」

「なにがあったんだろう」

「わからないけど、二人とも顔がすすけていたの」

火事かな、と勘兵衛は思った。

「三年前のいつだ」

「今と同じ時季よ」

「何月かわかるか」

「ええ、二人が出ていったときだから、一月よ。半ばくらいだったかしら」

「一月の半ばか」

修馬が勘兵衛を見た。

「修馬、ここは火事のことを調べよう」

勘兵衛と修馬は子供たちと益太郎夫婦に夜分に邪魔したことを詫《わ》びて、家を出た。

「三年前の火事というと、どこを調べればいいんだ」

「町奉行所におそらく記録が残されているはずだ」

「今から行くのか」

勘兵衛は首を振った。

「いや、もう書庫は閉まってしまっているだろう。行くなら明日だな」

宮寺屋敷付近の夜まわりをしたのち、翌朝、出仕した勘兵衛と修馬は徒目付の詰所を出た。

麟蔵にはつかんだことをすでに昨夜のうちに報告してあり、奉行所を朝はやく訪問することに対し、なにもいわなかった。

「しっかり働いてこい」

そう口にしただけだったが、その言葉をきいて勘兵衛は少し首をひねった。

疑問を抱いたまま勘兵衛は修馬とともに城外に出た。

今朝は一際冷えた。春がだいぶ遠ざかったのではあるまいか、と思えるほどの冷えこみが江戸を包んでいる。

勘兵衛は歩きだした。すぐに修馬が口をひらいた。

「勘兵衛、あれはなんの真似だ」

「あれってなんだ」

「お頭の前を辞したとき、不思議そうにしただろう。あれだ」

意外にこの男、目ざといんだな、と勘兵衛は感心した。

「いや、ただお頭の声に元気がないなと思っただけだ」

「本当か。俺にはいつもと同じようにしかきこえなかったが」

「なにかあったのかもしれぬ」

「なにがあったんだろう」

「それはわからぬ。話すようなお方ではない」

勘兵衛と修馬は南町奉行所に着いた。同心詰所で七十郎を捜したが、すでに出かけていた。ほかの者もほとんどおらず、詰所は空も同然だった。

「勘兵衛、俺たちが来るのを知っていてはやめに出かけたのではないか」

「勘繰りすぎだ。例繰方に会おう」

例繰方なら、以前の事件のことについて熟知している者が多い。

勘兵衛たちはさっそく会った。

「三年前の一月半ばにあった火事ですか。少々お待ちください」

田島《たじま》という、どことなくかまきりを思わせる顔をした同心は立ちあがり、客間を出ていった。

「これでしょうか」

一冊の分厚い帳面を手にすぐ戻ってきた。

勘兵衛と修馬の前に、ひらかれた帳面が置かれる。

「柳松寺という寺が焼けてますね」

勘兵衛は帳面をのぞきこんだ。

「死者が二名ですか」

「ええ、住職と寺男です。住職の名は浄隠、寺男は五助です。一月というと火事の多い月ではありますけれど、三年前の一月半ばにあったものというと、これ一件だけです。あと一月に起きた火事は月末に二件ですから」

勘兵衛は帳面を詳しく読んだ。

「火事の理由が書いてありませんね」

「そのようですね。でもその後、大ごとになっていないということは、少なくとも付け火ではないのでしょう」

「失火ということですか」

「おそらく」

「寺社奉行が探索に当たったのですね」

「寺社奉行から、我々町方に探索依頼はきたようです」

「ということは、寺社奉行のほうではなんらかの異常をこの火事から嗅《か》ぎ取ったということでしょうか」

「そうなんでしょう。そのことについて、この帳面には記されていませぬが」

柳松寺という名を頭に刻みこみ、寺の場所をきいてから、勘兵衛は例繰方に礼をいった。修馬とともに奉行所をあとにする。

二人が向かったのは、寺社奉行の役宅だ。柳松寺の火事について、もっと詳しい話をきかなければならない。

どうして町奉行所に応援の要請をだしたのか。やはり異常を感じ取ったゆえなのか。

九

朝はやく南町奉行所を出た七十郎は、寺社奉行の役宅となっている大名屋敷の前で足をとめた。

今月の月番になっているのは、遠江掛川《とおとうみかけがわ》で五万石を領する太田《おおた》家の当主資勝《すけかつ》だ。

南町奉行所からだと、奉行所のすぐ西を走っている大名小路《だいみょうこうじ》を北にまっすぐ十町（約一・〇九キロ）ほど歩くと、道三《どうさん》堀に突き当たる。道三橋を渡ると、すぐそばに太田家の上屋敷がある。

三年前の柳松寺の火事の際、太田資勝が寺社奉行でなかったことはわかっているが、そのときの詳しい資料はここにあるはずだ。

門はあけ放たれていて、訪いを入れると、七十郎はすぐに奥の客間に通された。

大名家の家臣たちだけに、不浄役人と呼ばれている町方のことが好きであるはずがないが、いざ探索となれば町奉行所の手を借りなければならない負い目のようなものは確実にあるようで、態度は慇懃だった。

客間には大火鉢が置かれ、ここまで歩いていて体はあたたまっているとはいえ、今朝は格別冷えたからこれはありがたかった。できれば股《また》火鉢をしたいくらいだったが、七十郎は黙って両手をこすり合わせた。

門の外で待つことになった清吉が今頃、寒風に吹かれているのを思うとかわいそうだった。できるだけはやく、ここでの調べを切りあげなければならない。

だが、すぐにやってくるはずの小検使が姿を見せない。七十郎はじりじりして、座り続けた。

四半刻ほどしてようやくやってきた。

「いやあ、申しわけござらぬ。ちょっと手が放せぬ用事がございましてな」

侍は藤岡《ふじおか》と名乗った。七十郎は名乗り返した。

藤岡は脂ぎった顔をしている。細い目が七十郎をうかがうように見ていた。

「ご用件は」

そういった口からねぎのにおいがした。手を放せぬ用事というのは、朝餉だったのかもしれない。

表門でも用件については話したが、いろいろな人物に同じことを話さなければならないのは、武家屋敷の決まりみたいなものだ。

七十郎は穏やかな口調で語った。

「ほう、三年前の柳松寺という寺の火事のことをお調べですか。どうしてですか」

七十郎は、町方の同心である腰村弥兵衛の死にその寺の火事が関係しているかもしれぬことも話した。ある程度のことはいわないと、目の前の侍は力添えしてくれないような気がした。

「承知いたしました。三年前の一月半ばに起きた柳松寺という寺の火事の調書をお持ちすればよろしいのですね」

藤岡が確かめる。お願いいたします、と七十郎は答えた。

「暫時《ざんじ》お待ちあれ」

藤岡が一礼して、座をはずす。

また待たされるのだろうな、と思ったが、藤岡は意外にはやく戻ってきた。火鉢の炭が三度ばかり弾けたあいだにすぎなかった。

一冊の帳面を手にしている。

「こちらです」

帳面をひらいて見せてきた。

「よろしいですか」

七十郎は断ってから帳面を手にした。

庫裏から火が出て、住職と若い寺男が死んでいるのは、奉行所の報告書と同じだ。付け火ではなく失火として処理されてはいるが、寺社奉行が町奉行に力添えの要請をだした理由がそこに書かれていた。

「悲鳴をきいた者がいるのか……」

七十郎はつぶやいた。

「どうかしましたか」

七十郎は顔をあげた。

「こちらです。そういうふうに書いてあるものですから」

藤岡が帳面をのぞきこむ。

「なるほど。しかし誰がきいたのか、名は記してありませんね」

「ええ」

「それに、失火となっていますね。つまり、きこえた悲鳴はなにも関係ないと、ときの探索者は考えたことになりましょうか」

「そのようです。これを読む限り、火と煙に巻かれた住職か寺男が発したものと断定したようですから」

こういう書き方となったのは、やはり腰村が手をまわしたからだろうか。

「しかし稲葉どのは、そういうふうに考えてはおらぬようですね」

七十郎は見返した。意外に鋭さを感じさせる目がじっと見ている。

「その通りです」

考えてみれば、もともと小検使にはその家の目付などが任じられる場合が多いときく。

藤岡も、そういう類の役目にこれまでついていたのかもしれない。

藤岡が軽く咳払いした。

「しかし悲鳴は気になりますね」

「ええ」

「稲葉どの、調べ直すつもりですか」

「藤岡どののほうに、ご異存がないということであれば」

「それがしにあるはずがござらぬ」

明快にいいきってくれた。

「上の者も、町方が調べ直そうとしているといって気を悪くはしないでしょう。今調べている事件ならともかく、三年前ですからね」

もしや、と七十郎は思った。この帳面を持ってきた手際のよさから、藤岡がいった手の放せぬ用事というのは、この帳面を捜しだすことだったのかもしれない。

「また知りたいことがあれば、いつでも訪ねてきてくだされ」

「ありがとうございます」

七十郎は自然に頭が下がった。

あらためて藤岡の顔を見ると、最初に感じた脂ぎった顔という感じは一切しなかった。目は細いままだが、黒い瞳が聡明そうに輝いている。

やはり奇特な人はいるものだな、と感じ入って七十郎は表門に戻ってきた。門番に礼をいって外に出る。

「どうでした」

道の脇に立つ松のそばで足踏みをしていたらしい清吉が助かったという顔で、駆け寄ってきた。

「収穫はあった」

七十郎は、悲鳴のことを語ってきかせた。

「悲鳴ですかい。気になりますねえ」

清吉が長身の七十郎を見あげる。

「わかりました。旦那、次はどこに行くんですかい」

七十郎は笑いかけた。

「清吉、もうわかっているんだろう」

七十郎は清吉を連れ、中山道《なかせんどう》のほうに道を取った。

着いたのは巣鴨《すがも》村だ。下板橋宿《しもいたばしじゆく》と巣鴨町のちょうどまんなかあたりだ。

「ここですね」

清吉がまわりを見渡していう。

「そうだな、ここでまちがいない」

「ここも、腰村の旦那の縄張だったんですねえ」

「そうだ。広いな」

もっとも、町奉行所に定町廻りは六人しかいない。その縄張はどうしても広大にならざるを得ない。

中山道から畦道《あぜみち》よりやや太い程度の道を一町（約百九メートル）ほど西に行ったところだ。まわりはほとんどが田畑だ。

「ここに柳松寺はあったんですね」

「ああ」

七十郎は目をゆっくりと走らせた。

「なにもないな」

かろうじて見えているのは右手のほうにある、土塀の名残《なごり》のようなものだけだ。あとはなにもない。とうに廃寺になっていて、土地はならされている。

ただ、今にも別の建物が建ちそうな雰囲気はなく、見捨てられたように墓地だけが残されていた。

「こんな土地で、誰が悲鳴をきいたんですかねえ」

「まったくだな。近くの百姓衆といったところかな」

近くの畑で夫婦らしい百姓が働いている。そばの畦道に筵が敷いてあり、そこでは赤子が寝ているようだ。

七十郎は清吉とともに近づいた。清吉が二人に声をかける。

声をかけられる前に、百姓夫婦は七十郎たちに気づいていた。なんでございましょう、と手ぬぐいで土にまみれた手をふきながら、畦道にあがってきた。

「忙しいところをすまぬな」

七十郎は、三年前、柳松寺が火事になった際、悲鳴をきいたのが誰か知っているかをただした。

若い夫婦は顔を見合わせた。

「そんな話もありましたねえ」

眉を落とした女房がいう。

「あれは誰でしたか……」

亭主のほうはじっと考えこんでいる。

「燃えたのは庫裏だけときいているが、まちがいないか」

思いだす助けになれば、と七十郎は口にした。

「ええ、そうです」

女房が深くうなずく。そのときのことが脳裏をよぎったか、顔には悲しみの色があらわれている。

「庫裏からは浄隠和尚と五助さんの遺骸が出たんです。もっとも、真っ黒で本当に二人だったのか、わからなかったみたいですけど」

亭主が背中をどやされたみたいに勢いよく顔をあげた。

「思いだしましたよ。あれは行商人です」

「なんの行商人だ」

「確か……」

亭主が口ごもる。

「古着屋さんですよ」

代わりに女房が元気よく答えた。

「その古着屋だが、この村によく来るのか」

女房が眉間にしわを寄せる。

「そういえば最近、来ないですねえ。ここ半年以上、来てないと思います。前はよく来ていたんですよ」

「名は」

「加計造《かけぞう》さんです。白髪のおじいさんですよ……」

来なくなったのはもう死んでしまっているからでは、と女房は考えているようだ。

「詳しくは存じませんけど、駒込肴町《さかなまち》か駒込片町だったと思います。ずいぶん前に、そんなこと、話した覚えがあります」

「ありがとう、助かった」

「いえ、どういたしまして」

夫婦そろって腰を折った。それを合図にしたわけではなかろうが、赤子が泣きはじめた。女房があわてて飛んでゆく。

しばらくして七十郎が振り返ると、女房は赤子に乳をやっていた。

七十郎は中山道を足早に戻る。清吉は黙ってうしろをついてくる。

駒込肴町の自身番を当たったが、加計造という者はいなかった。片町のほうでは、いたとの返事をもらったが、引っ越しているのがわかった。

「どこに引っ越した」

七十郎は町役人にきいた。

「申しわけございません、手前はきいておりません」

七十郎は片町の名主《なぬし》のもとに行き、人別帳《にんべっちょう》を見せてもらった。

加計造は七ヶ月ほど前まで確かに片町に住んでいた。人別送りはしっかりとされており、加計造が越した先は真性寺《しんしょうじ》という寺の門前町だった。

中山道沿いにある町であるのは知っている。七十郎たちは来た道を取って返し、北に向かった。

「旦那、ここを歩くのは今日、もう三度目ですよ」

「ぼやくな、清吉。こんなことは、よくあることだ」

「わかってはいるんですけどねえ」

真性寺門前町は、あいだを巣鴨町にはさまれた小さな町だ。

七十郎は加計造を捜し当てた。住んでいるのはしもた屋で、家族と一緒だった。

「長年、古着を売り歩いていたんですけど、体がもう弱っちまっていうことをきかねえもんですから、せがれの世話になることにしたんですよ」

連れ合いはだいぶ前に病で亡くしたとのことで、駒込片町に一人で住んでいたのは、そのほうが気楽だったから、とのことだ。

加計造は確かに白髪のじいさんだった。長年の酷使に耐えかねたように、背も丸くなっている。真夏の陽射しを浴び続け、真冬の寒風にさらされ続けた顔の肌はずいぶん厚くなっている。

「あの火事のことですかい、ええ、覚えてますよ」

加計造はせがれの嫁が持ってきた茶を、目を細めてすすった。

「悲鳴のあと、しばらくしてから火の手があがりましたねえ。ですから、あれは火や煙に巻かれてというわけではないと思うんですよ。そのことはお寺社のお方にも町方のお役人にも話しましたよ」

やはりそうか、と七十郎は思った。住職の浄隠と寺男の五助は何者かに殺された。その何者かは証拠を消すために火を放った。そういうほうが考えやすい。

しかし腰村は取りあげていない。やはりこれはなにかあるにちがいない。

七十郎はもう一度、腰村と親しい者と会うことにした。

もし腰村が殺人を犯した者をかばったとして、そういうのを誰かに話すものだろうか。家族にはまず話さないだろう。

友か。これまで調べてきて、腰村に親しい友はいない。

ならば女か。腰村には二人の妾がいる。

腰村がどれだけ心を許していたかにかかっているだろう。

七十郎は加計造に礼をいい、再び中山道に出た。

道を江戸の方向に向かってくだり、一気に神田川沿いの平永町にやってきた。

腰村の二人の妾がまだこの町に住んでいるかはわからない。仮に越していたとしても、行方を突きとめるだけだ。

幸いにも、二人とも同じ家に住んでいた。

七十郎は二人に、どうして腰村の妾になったのか、きいた。

一丁目のお布路は、近くの口入屋の斡旋《あっせん》だった。妾になりたい者も持ちたい者も、口入屋にはよく依頼する。

お布路は、腰村から秘密めいたことはなに一つきいていなかった。

それは平永町二丁目に住むお結衣のほうも同じだったが、一つ、七十郎は思いだしたことがあった。

お結衣は、前はとある料亭で働いていた、といっていたが、それがどうして腰村の妾になったのか。

「見初められたんです」

七十郎は、そのときのいきさつを詳しくきいた。

第四章

一

喉が渇いた。

前川菊之丞は目を覚ました。

頭が痛い。さすがに飲みすぎたか。

よろよろと立ちあがり、寝床を抜けだした。隣の間に通じる襖をあける。

床《とこ》の間《ま》に花が生けてある。菊之丞は花を取りだし、壺《つぼ》を傾けた。しびれるほど冷たい水が口中を満たす。

花のためか、水は少し甘い。

喉を鳴らして飲み終え、満足して壺を床の間に置いた。花を無造作に壺に突っこむ。

今、何刻だろう。屋敷内はしんと静まりかえっている。風の音もしない。

昼の九つをすぎた頃だろう。ちょっと寝すぎたか。六刻（約十二時間）ほどは眠ったことになる。

自室に戻り、寝床に座りこんだ。少し寒いが、さして気にならない。

子供の頃から寒さには強い。ただ鈍いだけと同じ道場の者にいわれたことがあったが、そういった男は稽古でさんざんに叩きのめしてやった。

それ以降、あの男は俺とはなにも話さなくなった。負け犬のように目をそらしては、俺のことを避け続けた。

暗いが、雨戸をあけるのも面倒くさい。もう闇に目が慣れている。

女がほしいな。

酔いはとうにさめているが、なんとなく思った。酔うと、女がほしくなるのはどうしてなのか。

しかし昔の俺ならともかく、今はちがう。このくらいの気持ちなら、楽に抑えこむことができる。

昔か、と思って菊之丞は思いだした。四年前、あの料亭でのできごとが脳裏に鮮明に描きだされた。

今、思いだしても腹が煮える。

あのときのいざこざがもとで町方役人が呼ばれ、やってきたのが、南町奉行所同心の腰村弥兵衛だった。

あれは、菊之丞が十九のときだ。

二十三にもなっているのにいまだに家督を譲られていないのは、あの不始末を父の常《つね》右衛《え》門《もん》に知られたからだ。

ただし、そのいざこざは内済《ないさい》ですんだ。金で解決できて以来、腰村とは懇意になった。

菊之丞自身、家からくすねた金をやったりしていた。常右衛門もまとまった金を渡していた。

そのおかげで、腰村はいろいろと便宜をはかってくれるようになった。

俺の罪をもみ消してくれたことも、一度や二度ではない。感謝してもしたりない男だった。

だが菊之丞には、腰村に気に入らないことがあった。

あの男は、あの料亭の女を妾にしたらしいのだ。

あの野郎、いつの間に。

まあ、そのことはいい。あの女の顔すら覚えていないのだから。

腹が立つのは、なんといっても父親だ。昨日は本気で殺してやろうかと思った。

酒を飲んで屋敷に帰ってくると、父親の常右衛門はだいたいまだ城中にいることが多く、滅多に咎められることはないが、昨日はどうしてかはやく下城してきたようなのだ。

まったくうるさい男だ。酒ではしく
じりを何度も犯したではないか。なのに、酔っ払って帰ってくるなど。酒ではしく
それに飽きたらず、おまえはこれまでいったいなにをしてきた。おまえ、そんなにわ
しを切腹に追いこみたいのか。
本当におまえはわしの嫡男なのか。どうしておまえみたいな男がわしの……。
さらにくどくなるので下を向いて殊勝な顔をしていたが、相も変わらずたわけたこと
をいっているな、と菊之丞は心のなかで舌をだしていた。
常右衛門のいうしくじりとは、俺が女を手ごめにしようとしたときをいっているが、
あのときだって決して酒に飲まれたわけではない。ただ、酒を飲んだために女がほしく
なったにすぎない。
そのことをいいたかったが、こんなところで口ごたえしてしまっては、終わるものも
終わらなくなる。だから、はい、はい、と素直にいっていた。
しかしそうしていたにもかかわらず、昨夜に限ってはなかなか終わらなかった。
正座している足が痛くなり、しびれてくると同時にだんだんと背中がむずがゆくなる
ような苛立《いらだ》ちが増してきた。
とっとと終わらせろよ。ほんと、殺すぞ。

何度か右側に置いてある刀に目がいった。一刀のもとにこの小うるさい父親を殺すことなど、造作もないことだった。

だが殺してしまっては、家督が自分のものにならない。じっと待ってさえいれば手に入る三千五百石を、そんなことで台なしにするつもりはない。

両膝を握る手に力をこめて、菊之丞はその衝動を抑えこんだのだ。

しかしこの男、いつになったら隠居するのか。この男さえ隠居してしまえば、前川家は俺のものだ。一刻もはやくそのときがやってきてほしい。

常右衛門は本丸留守居役《ほんまるるすいやく》だ。前は無役で寄合の一人にすぎなかったが、必死に職を求めた結果、役高五千石を得ることになった。

今はその職を守ることに汲々《きゅうきゅう》としている。だから、俺が面子《メンツ》を潰したり、顔に泥を塗るような真似をすることを極端に怖れている。

常右衛門は刀槍《とうそう》集めが大好きだ。そのためにも役高五千石というのはとにかく大きい。くだらない男だが、刀槍が好きという血を自分に与えてくれたことに関してだけは、感謝しなければならない。

およそ半刻近くは叱られていただろう。ようやく解放されて、菊之丞はこの部屋に戻ってきたのだ。

やれやれだったな。菊之丞は、床の間の刀架《とうか》にかけてある刀に手をのばした。

闇のなか、すらりと抜く。

いい刀だ。この暗さのなかでも、星を集めたかのように光っている。さえざえとしたところがたまらない。

凝視していると、まるで刀身に吸いこまれそうな気分になる。

二

今月の月番の寺社奉行は太田資勝だ。

勘兵衛と修馬は寺社奉行の役宅となっている上屋敷を訪問した。

応対してくれたのは、藤岡という侍だ。寺社方では小検使をつとめているという。やや脂ぎった顔に細い目がのっていたが、聡明そうな光が垣間《かいま》見えている。

客間に通された勘兵衛と修馬が、三年前に火事になった柳松寺のことをききたいというと、藤岡は瞠目した。

「どうかされましたか」

勘兵衛はすぐさまたずねた。

話すべきか藤岡は一瞬考えたようだ。

「お二人はよく町奉行所に行かれますね」

「ええ、懇意にしている者もおります」

藤岡が勘兵衛と修馬を見る。徒目付が、町奉行所の者にきらわれているのを知っている目だ。

「お二人なら、そういうこともありそうですね。でしたら、お話ししてもなんら厄介なことにはならぬでしょう」

藤岡が一つうなずいてから、口をひらいた。

「一刻ほど前、定町廻りの同心が来て、その火事のことを調べていったのです」

「えっ、まことですか」

修馬が驚く。

「誰です」

「名は勘弁していただきたい」

藤岡が話した人相はこういうものだった。

長身でくっきりとした眉、鼻筋が通り、唇はやや薄い。

「稲葉七十郎ですね」

勘兵衛はずばりといったが、藤岡はなにも答えない。表情もぴくりとも動かなかった。

このあたりはさすがとしかいいようがない。

七十郎がなにを調べていったか、きいたが、これも藤岡は答えてくれない。

「あの方とお知り合いなら、じかにきいていただきたい」

「やはり七十郎だったのですね」

藤岡がにやりと笑う。

「ちょっと口が滑りましたね」

藤岡にときを割いてくれた礼をいい、勘兵衛と修馬は太田屋敷を辞した。南町奉行所に向かう。

しかし七十郎はいなかった。

同心詰所にいた小者に、六つ前には戻ってくるはずです、といわれた。

「それなら、その頃また来るから、と伝えておいてくれ」

一朱を握らせ、伝言を頼んだ。それだけで小者は満面の笑みになった。これで伝言はまちがいなく伝わるだろう。

勘兵衛は修馬をうながし、外に出た。

「勘兵衛、どこに行くつもりだ」

「やっぱり、柳松寺を見ておかぬとまずいだろう」

「そりゃそうだろうな」

修馬が足を踏みだす。

「勘兵衛、寺はどこにあるんだ」

「覚えておらぬのか」

「覚えたが、忘れた」

「ついてこい。巣鴨村だ」

「ああ、そうだった。町奉行所の例繰方がそう口にしていたな」

「そんな大事なことを忘れるなんて、あきれた男だな」

「なんだ、今頃知ったのか。だが勘兵衛、そのために俺たちは二人で組んでいるのではないのか。片方がしくじったら、もう片方が補う」

「修馬、とにかく急ごう」

勘兵衛と修馬は早足で道を歩いた。

「だが勘兵衛、どうして稲葉どのは柳松寺のことを調べたのかな」

「それは俺も気になった。七十郎は腰村弥兵衛どののほうに力を入れていたはずだ」

「町奉行所では腰村どののほうに総がかりになっているのだろう。稲葉どのは一人、直八のほうの探索をはじめたのかもしれん」

「どうかな」

勘兵衛は首をひねった。

「意外に腰村どの殺しと直八殺しは同じ根っこなのかもしれんぞ」

「ということは、互いの筋が柳松寺で交差したということか」

一刻ばかりで巣鴨村に着いた。

柳松寺の場所は、中山道を歩いている村人にきいたらすぐにわかった。

「ここか」

修馬が見渡していう。

「なにもないな。廃寺だ」

「ああ、本当だな」

冷たい風だけが吹き渡り、左手の奥に見えている墓地の卒塔婆《そとば》を揺らしている。

「勘兵衛、こんなことをいっては死者を冒瀆《ぼうとく》することになるかもしれぬが、少し薄気味悪いな」

同じ思いを勘兵衛も抱いていた。どこか刑場のような雰囲気がある。おびただしい霊魂が漂っているような気すらした。

「あの墓地はこのあたりの縁者が葬られているのだろうな」

「そうだろう。だから残されているんだと思うぞ」

「だが勘兵衛、無縁仏のような感じがしないか」

「その通りだな。——修馬、よく見てみようではないか」

あまり気乗りがしないようだったが、勘兵衛に続いて修馬も柳松寺の境内だった場所に足を踏み入れた。

「ここで、住職と寺男の二人が亡くなったのか……」

修馬が合掌する。勘兵衛もならった。うまく探索が進むよう、二人が見守ってくれているのを願った。

「勘兵衛、この寺はみなしごたちを集めてはいなかったのかな」

「きいてみるか」

近くにいる百姓の夫婦にまず話をきいた。この夫婦の話では、柳松寺でみなしごたちが世話になっていたことはない、ということだ。和尚の浄隠はとても慈悲深い人で、医者のようなこともして村人たちに慕われていたが、とにかく金には無頓着だった。

「稲葉どのは、ずいぶんと俺たちの先を進んでいるようだな」

それから勘兵衛と修馬は七十郎の後追いをしつつ、悲鳴をきいた男を知る夫婦をようやく見つけることができた。

いちはやくこの夫婦に七十郎が話をきいているのが知れた。七十郎は悲鳴のことをきいていったとのことだ。勘兵衛たちはその悲鳴のことを興味深く耳にした。

もちろん、すでに七十郎が話をきいていたが、勘兵衛と修馬は古着売りの行商をしていた加計造という、頭の真っ白な年寄りにあらためて話をきいた。

一日で同じ話を二度もすることになったが、加計造は熱心に語ってくれた。

その話をきく限り、柳松寺の火事は失火で処理されていたが、やはり勘兵衛には殺しだったとしか思えない。

俺がそう感じるということは、と思った。町方役人がさとらないはずがない。それなのに、どうしてか失火と処理されている。

町方か、と勘兵衛は考えた。七十郎がこの一件を調べているのは、もしやこの町方が腰村弥兵衛だったゆえではないのか。

「おい、修馬」

「なんだ」

「腰村弥兵衛が殺されていた町は、どこだったかな」

修馬が顔をしかめ、眉間を人さし指できつくかいた。

「あれは……確かお頭にいわれたのだが、くそっ、駄目だ」

「――小石川御箪笥町だな」

「なんだ、思いだしたのか。勘兵衛、どこで殺されていたのかなど、どうしてきく」

「修馬、少しは考える癖をつけろ」

殺しと知りながら腰村が失火として処理していたとしたら、これはいったいどういうことになるのか。

とにかく七十郎に会うしか道はなさそうだ。

三

七十郎は歩きながら、さっききいたばかりの話を思いだした。

腰村の妾だったお結衣は四年前、浦花《うらはな》という料亭に奉公していた。

四年前、お結衣はどうやって腰村と知り合うことになったのか。

浦花で女中をしていたお結衣を、手ごめにしようとした侍がいたのだ。

その侍が酔っ払いすぎていたために、お結衣はかろうじて逃げることができたのだが、奉公人に狼藉をはたらかれたあるじが町方役人を呼んだのだ。

そのときやってきたのが腰村で、侍とのあいだで穏便に話をつけた。おかげで、お結衣も示談の金としてややまとまった金をもらうことができた。

腰村はその後、よく浦花に姿を見せるようになった。来ると、お結衣に酌をさせた。金離れがとにかくよく、お結衣は次第に腰村に惹かれていった。それに、御番所のなかで花形と呼ばれている定町廻りというのがとにかくよかった。

会って半年後くらいに妾になることが決まり、お結衣は浦花での奉公をやめた。

おそらく、と七十郎は足を急がせつつ思った。浦花での一件以来、腰村とその侍のあいだには切っても切れない関係ができたのだろう。

お結衣は、その侍が何者かは知らなかった。お店に来たのははじめてでした、といった。一見《いちげん》の客で、浦花はけっこうその手の客が多かったとのことだ。

お結衣を手ごめにしようとした侍は、まだ若かったとのことだ。それがわかっただけでも、お結衣に会った収穫はあったといえた。

「旦那、今どちらに行こうとしているんですかい」

七十郎は振り返り、中間に語った。

「ああ、腰村の旦那のつかっていた岡っ引に会うんですね。わかりました」

こういうことを中間にきかれ、黙ってついてくればいいんだというようなことを口にするのはたやすい。実際に、そういうことをいう同心もいるだろう。

だが七十郎としては、そういうことはいやだった。一緒に探索するのなら、できる限り自分のしようとしていることを知っておいてもらいたいという気持ちがある。

腰村弥兵衛から手札を預かっていた岡っ引は銀治《ぎんじ》といい、小石川上富坂町《かみとみさかちょう》あたりを縄張としていた。

腰村の仇討を公言し、腰村の死んでいた小石川御箪笥町界隈のききこみをずっと続けているとの話だった。

むろん一人ではなく、手下の下っ引たちの尻をひっぱたくようにして働かせているにちがいない。

七十郎は小石川御箪笥町にやってきた。寒風が吹き荒れており、それは春を呼ぶ風かもしれなかったが、あたりは土埃が一面に舞っている。

銀治は意外にはやく見つかった。銀治は寒風と土埃をものともせず、一膳飯屋の店先の長床几に腰かけ、飯を食っていたのだ。手にしているのは丼《どんぶり》だ。

空腹であることを思い知らされる。七十郎は銀治の前に立った。

銀治は見た目はどこかの職人にしか見えない。自らを岡っ引であるといいふらすような岡っ引は滅多にいない。犯罪人どものなかに身分を偽って入りこむこともときにはするから、当然のことだった。

「あっ、稲葉の旦那」

一際強い風が吹きつけたなか、銀治が立ちあがろうとする。

「いや、いい」

七十郎は隣に腰をおろした。

「こんなに強い風でも平気なのか」

ええ、と唇をゆがめるような笑いを見せる。

「ここなら誰にも邪魔されずに食べられますからね」

「邪魔して悪かったな」

「いえ、とんでもない。稲葉の旦那なら、いつでも大歓迎でさ」

「うまそうだな」

七十郎は丼に目を当てた。どうやら甘辛く煮た穴子が飯にのっているようだ。ごくりと唾を飲みこむ。

「最高ですよ」

七十郎は、立ったままの清吉を見あげた。

「清吉もこれでいいか」

「穴子丼なら、いうことありませんよ」

寄ってきた小女に、二つ注文した。ありがとうございます、といって小女が注文を通しに暖簾を払って去った。

「よく来るのか、この店」

「いえ、それほどでもありませんが、この穴子がいけるものですからね」

銀治が丼を長床几の上に置いた。

「稲葉の旦那、今、腰村の旦那のほうの調べをされているんですかい」

「そうだ。それでおぬしにききたいことがあって来たんだ」

「ほう。なんでしょう」

「四年前のことだ」

はい、といって銀治が見つめてくる。底光りがする、鋭い目つきだ。この目でにらまれたら、罪人どもは震えあがってしまうにちがいない。

「浦花という料亭で、女を手ごめにしようとした若侍がいた。知っているか」

銀治は思いだそうとしている。

「いえ、存じません。料亭の浦花は存じていますよ。牛込築地片町《うしごめつきじかたまち》にある店ですね」

「そうだ」

「その一件がなにか」

「知っていたら、詳しいことを教えてもらいたくてな」

「いえ、あっしはなにも。それは腰村の旦那が扱ったんですかい」

「そのようだ」

「へえ。手ごめにしようとした若侍は、そのあとどうなったんですかい」

「内済だったらしい。腰村さんがあいだに立ってな」

「ほう、さようですか」

銀治が首をひねる。

「腰村の旦那は呼ばれたとき、一人で浦花に行ったんですね」

「そういうことになるのだろうな」

「その若侍は、どちらさんなんですか」

「そいつはまだわからぬ。そのことを知っているのではないかと思って、おまえさんに話をききに来たんだ」

「なるほど」

銀治は少し考えこんでから、顔をあげた。さっきより目つきが鋭くなっている。

「稲葉の旦那、どうしてそんな四年前のことを気にしているんですかい。しかも内済ですんでいるというのに」

「ちょっと引っかかるものがあるんだ」

銀治の目が鈍い光を帯びる。

「腰村の旦那の死と関係あるんですかい」

「まだわからぬ」

「その口ぶりでは、あると考えているようですね」

穴子丼がきた。七十郎はありがとう、と受け取った。銀治は浦花に行きたそうな顔をしている。

「一緒に行くか」

「いいんですかい」

「ああ。俺たちがこいつを食っているあいだに一人で行かれちまうよりいい」

「そんな気はございませんよ」

どうかな、と思ったが、七十郎は黙って箸を手にした。

やわらかく煮てあり、身にはほのかな甘みがあって、確かにうまい。ただ、強風は相変わらずで、それには閉口した。

銀治の分の代も支払い、七十郎は歩きだした。銀治と清吉がうしろをついてくる。

牛込築地片町へ行くのには、江戸川に架かる石切橋《いしきりばし》を渡れば、そんなにときはかからない。四半刻程度で七十郎たちは足を踏み入れた。

さすがに銀治がよく道を知っており、七十郎たちは迷うことなく浦花に着いた。

まだ店はやっていなかったが、七十郎は閉まっていた入口の扉をあけ、薄暗いなかに向かって呼ばわった。

廊下を駆ける足音がし、すぐに女将《おかみ》らしい女が姿を見せた。

「ああ、これは町方の旦那」

七十郎は名乗った。用件を話す。

「四年前の手ごめ……」

女将は頭《こうべ》をめぐらせている。はっとして七十郎を見た。

「こんなところではなんですから、おあがりください」

「いや、ここでいい」

七十郎はあがり框に腰かけた。

「どうだ、覚えているか」

「ええ、お結衣ちゃんでしたね」

あっ、と口をひらく。

「そういえば、お結衣ちゃんの旦那、この前殺されたとおききしましたけど、そのことですか」

背後で銀治が瞳を光らせたのが、振り返らずともわかった。

「そういうことだ」

七十郎は女将を見つめた。

「お結衣を手ごめにされかけて、町方を呼んだな」

「はい、あのときはお結衣ちゃん、ものすごい悲鳴をあげましたから。あわててお座敷に行ってみますと、お結衣ちゃん、半裸にされていました。すぐそばにお酒に酔ったお侍がいて……。ほとんどぐでんぐでんでしたから、それで暴れるところをなんとか取り押さえることができたんです」

「その侍だが、知った者か」

女将は形のいい顎を横に振った。

「いえ、存じません。若かった、というのは覚えておりますけど、なにしろ一見の客だったものですから」

それに、と言葉を続けた。

「腰村の旦那から、あの一件は忘れるようにいわれましたし」

「腰村さんから。確かだな」

「はい、確かです。お結衣も大事に至りませんでしたし、私たちも忘れようとつとめました。もっとも、そのために逆にしばらくはそのお侍のことを覚えていましたけれど、今はもうなにも……。なにしろ四年も前のことですから」

一応、あるじや奉公人にも話をきいたが、若い侍について知っている者を見つけることはできなかった。

浦花を辞し、銀治とわかれて七十郎は奉行所に戻った。大門をすぎたところで、清吉にご苦労だったといった。

奉行所内の中間長屋に戻ってゆく清吉をしばし見送ってから、同心詰所に入る。

小者から、勘兵衛たちが来たことを知らされた。

すでに暮れ六つをすぎ、勘兵衛たちは詰所で七十郎を待っていた。

四

「どこか外で話をしたほうがいいな」

勘兵衛は七十郎を誘った。

「ええ、そうしましょう」

勘兵衛は七十郎、修馬とともに大門を出た。

「このあたりで話をするのに、いい場所があるか」

七十郎にきいた。

「静かなところがいいですよね」

七十郎は少し考えただけで、心当たりがあります、といった。

七十郎に連れていかれたのは、竹川町《たけかわちょう》の煮売り酒屋だった。小賀音《こがね》と墨書された提灯が寒風に揺れている。

七十郎が慣れた様子で暖簾を払う。

長床几が三つ置かれた土間があり、あとは一段あがった二十畳ほどの座敷だった。混んではいない。

「いらっしゃいませ」

厨房から親父らしい男が元気よく声をかけてきた。

「相変わらず暇そうだな」

「ええ、酒も肴もまずいものですから」

七十郎が勘兵衛たちを見る。

「決して冗談ではありません。本当のことですから」

修馬が暗い顔をする。

「静かなのはまちがいないものですから、お連れしたのですが、いけなかったですか」

「最近、どうもまずい店に当たってばかりいるんだ」

「うまい物もありますから、そいつを頼みましょう」

七十郎が親父に、いいかい、と断ってから二階につながる階段をのぼりはじめた。

二階は座敷が二つあるようで、両方とも客は入っていないのがすぐにわかった。

「本当に繁盛してないんだな」

勘兵衛は目を丸くした。

「ええ。よくこれでやっていられるものだと思いますよ。楽松とはずいぶんとちがうから、驚かれたでしょう」

「あそこはあそこで滅多にない店だからな、くらべるわけにはいかぬさ」

手前の八畳間に座を取った。座敷は白い息が見えるほど冷えきっていたが、注文を取りに来た小女が持ってきてくれた大火鉢のおかげで、あたたかくなりはじめた。

酒はむろん頼まず、七十郎が梅の茶漬けと鯖の塩焼きを注文した。

「これならまあまあです」

そんなことを口にして、七十郎が笑みをこぼす。小女も楽しそうに笑っている。

「どうして二人前ずつなんだ。七十郎は食べぬのか」

勘兵衛はたずねた。

「それがし、さっき丼物を食したばかりなんですよ」

「ああ、そうなのか。――さて、用件に入ろうか」

襖が閉められ、小女が階段をおりていく音をきいて勘兵衛がいうと、七十郎がまじめな顔をつくった。修馬も表情を引き締める。

勘兵衛はこれまで調べてきたことを、低い声で話した。

きき終えた七十郎が深くうなずき、今度は自分が得たことを語りだした。

「その若い侍のことだが」

勘兵衛は七十郎にいった。

「お頭にきいたところでは、まだわかっておらぬそうだ。もう少し待ってもらえるか」

「それはかまいませぬ。しかし、いつしか我々は同じ筋を手繰っていたということになりますね」

勘兵衛は苦笑した。

「俺たちは、七十郎の後追いをしていたにすぎぬがな。直八の死を追いかけていた俺たちは、みなしごのことを調べて柳松寺にたどりつき、七十郎は腰村どのの関わった事件を調べ、やはり柳松寺にたどりついた」

「そういうことですね。若侍はいずれ旗本か大名の家臣であるのはまちがいないでしょうが、ただ、その家は、代々頼みとして腰村さんとつき合いのあった家ではないような気がします」

「それは同心としての勘か」

「まあ、そうです」

「どこにひそんでいようと、必ずつかまえてやるさ」

修馬が酔ったような赤い顔でいう。

「修馬、暑いのか」

「いや、別に」

「そうか、ならいい」

勘兵衛は七十郎に眼差しをぶつけた。

「柳松寺の火事が、鍵《かぎ》を握っているのはまちがいないな」

「それがしもそう思います」

「住職と寺男を殺したのち、下手人は庫裏に火をかけた。それは、殺しであるのを知られたくなかったからだ。おそらく、その若い侍が下手人で、懇意にしている腰村どのにあと始末を頼んだ」

階段をのぼってくる足音がした。失礼します、と小女が襖をあけて入ってきた。畳に大皿を置かれる。その上に注文の品が並べてあった。

「ごゆっくりどうぞ」

笑顔を残して去ってゆく。

「先に食うか」

勘兵衛と修馬は、茶漬けと鯖の塩焼きを食べはじめた。

まずくはないというより、むしろうまかった。それが証拠に、勘兵衛も修馬も箸がとまらない。

「七十郎、いけるぞ」

「この二つだけなんですよ。だまされて、ほかの物に手をだしてはいけませぬ。それがしはさんざん痛い目に遭いましたから」

本当にそうだったらしく、七十郎は顔をしかめている。

勘兵衛たちは食べ終え、茶を喫した。人心地ついたところで、再び事件のことに戻る。

「どこまで話したかな」

「柳松寺が鍵というところだ」

修馬が指摘する。

「――三年前の一月半ば、顔がすすけていた直八と玄助が、柳松寺に行ったのはまずまちがいない。どうしてあの二人は行ったのか」

「誰かに会いに行ったのだろう。飲みに行くといって出ていったのだから」

「だが、二人は酔ってはいなかった。飲むより先に火事が起きたのだな」

修馬が首をうなずかせる。

「お美枝の家に帰ってきた二人は、なにかを決意したような顔をしていたと子供たちはいっていたな。それはなんなのか」

「仇討ではないかな」

七十郎は言葉をはさまず、勘兵衛たちのやりとりを黙って見守っている。

「住職と寺男の、という意味か。勘兵衛、ということは、直八や玄助たちは住職と寺男の五助といったか、知り合いだったことになるな」

「俺には、五助が最後の五人目の男ではないかと思える」

「そうだ。勘兵衛、その通りだよ」

修馬が口から泡を飛ばすようにいう。

「あの寺は江戸の入口といっていい場所にある。上州あたりから中山道をやってきて、江戸にようやくたどりついた直八たちがはじめて世話になった寺なんじゃないか。行き倒れ寸前になって、一番弱っていた男かどうかはわからんが、とにかく五助は柳松寺で世話になったんだ」

修馬が自分でいって膝を打つ。

「勘兵衛、どうだ、これでまちがいないんじゃないのか。どうしてあんな辺鄙《へんぴ》な土地の寺が関係してくるのか、さっぱりわからなかったが、これなら説明がつく」

勘兵衛は七十郎に目を転じた。

「腰村どのに残されていた責めの跡は、住職や寺男を殺した者を腰村どのが知っているとにらんで、直八たちがやったんだろう」

「そうでしょうね。腰村さんは侍のことを吐いたのでしょうか」

「吐いたのかもしれぬ。それで逆に直八たちは居場所を探られ、襲われたのではないか」

「なるほど、考えられますね」

「しかし勘兵衛、その若い侍は柳松寺にどうして火を放ったんだ。いや、その前にどうして住職と寺男を殺す羽目になったんだろう」

勘兵衛はそのことについて、すでに考えはじめていた。

「なにかを見られ、口を封ずる必要があったのではないかな」

「なるほど、その侍は話をきく限り、悪事を重ねているようだからな」

「しかし久岡さん、それだと犯罪の上に犯罪を重ねることになりますね」

「まあ、そうだな」

「腰村さんというろしろ盾がいるのなら、わざわざ殺しまでやりますかね」

「だが実際に、腰村どのが住職と寺男の二人を殺したその若侍をかばったんだろう」

修馬が口をとがらせる。

「いえ、それがしがいいたいのは、どうせ罪に問われることはないのなら、なにかまだわからぬ最初の罪を犯したときに腰村さんに頼むのではないか、ということです」

「そうか。そういうことであるなら、住職と寺男の二人をわざわざ口封じする必要はないな。しかも二人を殺すなど、重すぎる」

「それについては――」

勘兵衛は口をひらいた。

「腰村どのをもってしてもなんともしようがないことを、その若侍がしでかしたのかもしれぬが、ここは七十郎の勘にしたがっておくことにしよう。となると、その侍は、なにか別の目的があって柳松寺に行った」

「なんだろうな。寺に行くときって、なにをするんだ。法事か」

「あとは座禅を組んだり、写経をしたりしますね」

「悪事を重ねる若侍には、両方とも似合わぬな」

「悪事か」

勘兵衛はつぶやいた。

「たとえば、盗みに入ったというのはどうだろう」

「なるほど」

唐突に七十郎が立ちあがる。

「ちょっと番所に戻って、例繰方の者に話をきいてきます。まだいると思いますので」

あっという間に出ていった。

「相変わらずすばやい男だな」

修馬があっけにとられたようにいう。

「あれでなきゃ、定町廻りはつとまらんのだろう」

勘兵衛たちが茶のおかわりをもらい、飲みほした頃、七十郎は戻ってきた。

「お待たせしました。わかりましたよ」

顔が上気しているのは、走ってきたからだけではないようだ。

腰をおろすと同時に、七十郎が語りだす。

「柳松寺には、名槍《めいそう》があったとのことです。ほかにも寺宝が何点か。それは本堂に目録が残されていたことから、はっきりしているそうです」

「それらはどうした」

勘兵衛はきいた。

「浄隠住職は寺宝の管理をよくしていたようで、その目録も作成されたばかりだったようですが、寺宝はいずれも見つかっていませぬ。調書には、庫裏で焼けたものと考えられる、というようなことが記されているそうです」

「その若侍は、名槍と呼ばれるほどの槍が柳松寺にあるのをどうしてか知っていた。そしてどうしても目にしたくなった。目にしたら、どうしてもほしくなってしまった」

「それで後日、盗みに入ったというのか」

「そうだ。それで、住職か寺男に見つかり、殺した」

「そして火を……」

黙ってきいていた七十郎が顎を引いた。

「それでまちがいないでしょうね」

勘兵衛は七十郎を見つめた。

「七十郎はこれからなにを調べる」

「玄助たちの居場所がいいのではないか、と思います。それはやはりそれがしたちのほうが向いていると思いますので」

「よし、それならまかせよう」

勘兵衛は七十郎を信頼している。

「肝腎《かんじん》の若侍は俺たちがやる。相手が侍なら、徒目付のほうが調べやすかろう」

五

玄助はずっと楽しみにしていた。

なにしろ江戸に着いてわかれてから、五人がそろうことなど、滅多になかったからだ。

だから玄助は直八と語らい、はやめにお美枝の家を出て、待ち合わせの巣鴨町まで行った。

巣鴨町というややはずれたところで飲むことになったのは、柳松寺の寺男をつとめている五助のためだ。玄助たちと異なり、そんなに遠くまで足をのばせないからだった。

七つ頃には巣鴨町にある升美《ますみ》という煮売り酒屋の二階座敷に陣取っていた。

酒は村の祭りで飲んで以来だ。口にしたくてならなかった。

江戸では子供に酒を飲ませない親が多いようだが、村では子供だからといって酒を飲むことを禁ずる者はいなかった。

なにしろ、乳の出の悪い母親が濁酒《どぶろく》を赤子に飲ませることがあるくらいなのだから。

喉が鳴るほど酒が飲みたかったが、玄助は我慢した。五人そろってから飲むことを、心にかたく誓っていた。

やがて夏吉と竹次も来た。

しかし一番近い五助が来ない。玄助たちはひたすら待った。

七つ半の待ち合わせだから、まだそんなにおくれているわけではない。

でも、そのときにはすでに玄助は胸騒ぎらしきものを覚えていた。

「どうしたんだろう、あいつ」

竹次が案じるようにいった。

「まさかへまをして、和尚さんに叱られていたりしてな」

これは夏吉だった。

「しかしあの和尚さんなら、へまをしても外にだしてくれるよ」

竹次は不安そうな表情を面にだしている。

玄助も心配だった。

「なにかあったのかな」

直八が寺のほうを見やった。

玄助は立ちあがり、障子をあけた。

いきなり、じゃんじゃんと半鐘の音が響いてきた。

「火事だな。見えるか」

夏吉が横に来て眺めはじめた。

「煙があがっているな」

そのときには、四人で煙のほうを見つめていた。

「あれって、柳松寺のほうじゃないか」

竹次がいう。

「そうみたいだな」

「まさか」

半鐘は急調子になってゆく。

暮れゆく空が赤く染まりはじめる。煙が猛《たけ》ったように噴きあがっている。

「行ってみよう」

飲み食いしていなかったが、代を払い、四人は外に出た。

やはり火事は柳松寺だった。多くの人だかりで、境内には近づけなかった。

野次馬にきくと、庫裏が燃えてるみてえだなあ、といった。

「五助はどうしたんだろう」

竹次がいい、夏吉が苛立たしげに答えた。

「わからねえよ」

玄助たちはじりじりして、火消したちの働きを見守っているしかなかった。

一刻ほどあとに鎮火した。丸こげの死体が二つ出てきたのが、野次馬たちのささやきから知れた。

柳松寺には住職の浄隠と五助しかいない。

玄助たちは二人の知り合いということで、境内に入れてもらった。

まだ焼け跡からは煙があがり、倒れた柱や落ちた梁《はり》は熱を持っていた。ところどころちろちろと炎が舌をちらつかせている。

二つの遺骸を見せてもらったが、丸こげなのは確かで、それが浄隠と五助だとはまるで実感がわかなかった。

しかし、遺骸の一つが五助であるのは、疑いようのない事実だった。

一緒に村から出てきて、苦労をともにした五助。

こんなにあっけない死は、信じがたかった。こんなところで死んでしまうのなら、江戸にたどりつくまでの苦労はいったいなんだったのか。あの苦労を乗り越えたのだから、もっと長生きするのが当たり前ではないのか。

だがどう感じたところで、五助の死を受け入れるしかなかった。

しかし、どうしてこの寺が燃えたのか。玄助の疑問はそこに移った。住職は火事には特に気をつけていると五助からきいていたのだ。

殺されたのではないでしょうか、と調べに来た寺社奉行の役人にいったこともある。

しっかり調べてみよう、と寺社の役人に請け合ってもらえた。

しかし、調べはたいして進まなかったようだ。もともと、寺社奉行にはたいした探索の力はない。

代わって町方が調べはじめたときいて、玄助たちは定町廻りにもいった。

しかし、これはまったく取り合ってもらえなかった。その定町廻りは、信じられない冷たさだった。まるで咎人でも見るかのような目つきをしていた。

五助が焼死したことを認め、玄助は忘れようとつとめた。そして、五助には悪いが、忘れかけていた。

だが、三ヶ月ほど前、手ごめにされ腹の子を流して死んだ女房がいるという噂をきいた。

玄助の長屋の近くに住む末五郎という男の女房とのことだった。

末五郎は腕のいい飾り職人で、玄助とは近くの一膳飯屋でよく一緒になった。顔を見れば挨拶するし、酒を酌んだことが何度もある。

殺してやる、あの役人、と酔ってはよく口走っていた。そのたびに玄助は、やめときなよ、といさめていた。

だが末五郎から詳しい話をきくと、どうも柳松寺の火事のとき取り合ってくれなかった定町廻りと同一の者が、末五郎の事件にも当たっているらしいのがわかってきた。

おかしいな。

末五郎の話をきいて、玄助は不審の念を抱いた。

まさかわざと調べないのでは。

玄助は、今でもそのことを夏吉に話してしまったのを悔いている。

夏吉が、その定町廻りをかどわかし、口を割らせようといいだしたのだ。

実際にその定町廻りをつけ、動きを探るということを何日かした。

数日前、ある武家屋敷から出てきて歩きだした定町廻りは、酒が入ったのか、ふらふらしていた。そのときには、定町廻りが腰村弥兵衛という名であるのもわかっていた。

明らかに酔っており、人けのない路地に引きこむのは造作もないことだった。

しかし、腰村はどんなに痛めつけても吐かない。

「この俺をこんな目に遭わせて、きさまら、ただですむと思っているのか」

すごまれて、玄助は肝が冷えるような思いすら味わった。

夏吉などは一瞬、殺してしまおうという気になったようだが、さすがに最後の一線を越えるまでにはならなかった。

こちらも顔を見られないように頭巾やほっかむりで顔を隠していたから、つかまることなどあり得なかった。

だから、あの定町廻りが死んだときいて、飛びあがるほど驚いたのだ。

村を出てきたとき、仲間は五人だった。しかし、そのうちの二人がもういない。

残った三人では、なにもできない。

ただひたすら飢餓のようなひもじさだけが募る。飢えを逃れて江戸に出てきて、江戸の食い物のあふれ方には驚いた。

しかし、その江戸でこんなひもじさを味わうことになるとは。

今はこの寺で縮こまっているしかない。

ときおり外に出て、町屋から盗んでくる食い物で命をつないでいるようなものだ。

ため息しか出ない。

玄助は、親や兄弟のことを思った。元気でいるのだろうか。

おそらくもう二度と会うことはないだろう。

六

煮売り酒屋の小賀音の前で、勘兵衛は七十郎とわかれた。

修馬とともに城へ戻り、詰所の奥でむずかしい顔をしている麟蔵に、これまでわかったことを報告した。

「なるほど」

麟蔵が重々しくうなずく。

「三年前、柳松寺に寺宝の名槍を盗むために忍びこんだ者がいたか」

ぎろりとにらみつけてきた。

「どうなる」

どうなるとはどういう意味だろう、と勘兵衛は思ったが、迂闊《うかつ》に問い返すわけにはいかない。意味を考えなければならない。

修馬も眉間にしわを寄せていた。

麟蔵は、名槍を盗みだして火を放った者のことをいっているのか。それとも別のことか。単純に、これから事件がどう動くかをきいているのか。

きっとそうなのだろう、と勘兵衛は決めつけることにした。

まずは、七十郎に約束したように若侍の行方を捜さなければならない。そういえば、と勘兵衛は思いだした。

「お頭、前に依頼した侍の件、おわかりになりましたか」

「調べている最中だ」

「かかりそうですか」

「かかるだろう。手がかりらしきものは、ほとんどないのだから」

麟蔵が目を細めた。

「勘兵衛、そのことより先にその侍を自分でとらえろ」

「わかりました」

「それで、どうなる」

つまり麟蔵は、侍をとらえるために、次はどうすべきかきいているのだ。

ということは、すでに麟蔵のなかにはその答えがあるということか。

勘兵衛は目を落とし、考えはじめた。しかしなにも頭に浮かばない。きいたところで、答えが見つかるまで麟蔵は口にするまい。

勘兵衛は頭をかきむしりたくなった。

ふと、さっき会ったばかりの七十郎の言葉が脳裏をよぎり、引っかかるものを覚えた。

勘兵衛は心のなかに腕を差し入れるような気持ちで、必死に考えた。

なにか手応えがあった。逃さぬように慎重につかみあげる。

「お頭」

「なんだ」

「ほかの寺宝はどうなったのでしょうか」

「続けろ」

「柳松寺に忍びこんだ者が名槍が目当てだったとして、ほかの寺宝には目もくれなかったのでしょうか」

麟蔵が顎を引く。

「勘兵衛、修馬、明日、やるべきことはわかったな」

帰宅すると、美音が眉をひそめていた。

「どうした、おそくなったのが気に入らぬのか」

美音がこんな顔をするのは珍しく、勘兵衛はわざと快活にいった。手ばやく着替えをすませ、居間にすわりこむ。

美音が長脇差を刀架に置き、勘兵衛の前に正座する。

「今日、早苗さんと道でばったり会ったんです」

早苗どのは元気だったのか、とききたかったが、話の腰を折りたくなかった。

「そのとき、私はとてもいやな感じがしたのです。誰かに見られているような心持ちがしました」

「眼差しを感じたというのだな」

この前の早苗と同じではないか。

「誰かはわかりませんでした。ただ、早苗さんのところで、安由美さんにああいうことがあったばかりですから、私は気持ち悪くてならぬのです」

まさか、同じ者が今度は美音に目を移したのではないか。

「美音、しばらく他出は控えるほうがいいな。出るときは必ず供をつけるように」

「わかりました。必ずそうします」

久岡勘兵衛の妻。美音。

あの女は美しい。

子供が一人いるとのことだが、そういうふうには見えない。

俗な言葉でいえば、勘兵衛はぞっこんだろう。

笑みがこぼれた。

こいつはつかえるのではないか。


翌朝はやく、勘兵衛と修馬は再び南町奉行所に赴いた。

うー、と修馬がうなる。

「勘兵衛、また冷えこみやがったな」

馬のように身震いする。

「どうした、勘兵衛。なにか浮かぬ顔ではないか」

「そうか……」

「そうよ。そのだだっ広い月代に張りがまったくないぞ」

勘兵衛はあきれて見た。

「修馬、おぬし、本当に心配してくれているのか」

「当たり前だ。大事な相棒ではないか」

勘兵衛は話した。

修馬の顔が一気に険しくなる。

「今度は美音どのか。勘兵衛、そばにいてやらなくていいのか」

「それはできまい」

「どうしてだ。最愛の人だろうが」

「確かにそうだ。もし失ったらと思うと、胸が張り裂けそうだ」

「探索など放っておけ。俺だけでやる」

「それはできぬ」

「なにゆえ」

「これが俺の仕事だからだ」

「仕事より美音どののほうが大事だろうが」

「俺は美音を信頼している」

「なに」

「美音の賢さを信じているんだよ。どんなやつが美音のことを見ていたか知らぬが、そんな者の毒牙《どくが》にかかることはない、と俺は信じている。いや、わかっているといったほうがいいか」

六つ半（午前七時）すぎという、はやい刻限だったが、すでに七十郎は清吉とともに出かけていた。

例繰方の同心に会い、柳松寺の寺宝目録をあらためて見せてもらった。寺にしまいこまれていた物は、皿や壺、茶器、掛軸、屛風《びょうぶ》などだ。

「相当のものだな」

修馬がつぶやき、問う。

「これらはどうなったのです」

「いずれも焼けてしまったのだろうということです」

「名槍もですか」

「ええ、そうです。そういえば、昨夜、七十郎も同じことをきいていきましたが、なにか関係があるのですか」

「ええ、まあ」

修馬が言葉を濁した。

「名槍に銘は」

「あります。これです」

別の紙を畳に広げた。

「勢州《せいしゅう》在の越中守平兼道《えっちゅうのかみたいらのかねみち》作とあります」

「有名な人なのですか」

「それがしは存じませぬ。でも、槍に詳しい者にいわせますと、鎌倉時代の名工にまちがいないということです」

「さようですか」

「その寺宝目録、書き写させていただいてよろしいですか」

勘兵衛は申し出た。

「もちろんです」

勘兵衛は矢立を取りだし、紙に写した。

目録を返す。

修馬が立ちあがり、ありがとうございました、と頭を下げる。勘兵衛も修馬にならい、礼をいった。

「若侍のやつ、寺宝すべてを奪ったのかな」

奉行所の大門を出てすぐに修馬がいった。

「ああ、名槍だけではないだろうな。あれだけの物があれば、誰だって取りたくなるだろう」

「仮にほかの寺宝も奪ったとしてもだ、名槍は今でも取っておいてあるのではないか」

「屋敷にだな」

「だが、屏風のような大物はおそらく持ちだせなかっただろう。茶器や壺、皿などは持ちだし、どこかに売ったんだろうな」

「その通りだ」

「まとめて一軒の店に売ったのかな」

「俺が下手人ならそうする」

「ふむ、そうだよな」

不意に修馬が歩みをとめた。

「勘兵衛、そういうのは古物を扱っている店でいいのか」

「骨董《こっとう》商などだ」

「よし、ならば勘兵衛、片っ端から当たっていこう」

だが、柳松寺の寺宝を買い取ったと思える店はなかなか見つからない。三年前のことだ、無理もないことだろう。

買い取った店が江戸のどこかにあるのはまちがいないが、買ったという事実自体を骨董商のほうが忘れてしまっているかもしれないのだ。

それに、と勘兵衛は思った。もし故買《こばい》をしている者に流されていたら、まず見つからないだろう。

だが、こんなことでへこたれるつもりはなかった。

修馬と二人、あきらめることなく、一つ一つ店を当たっていった。

七

低い朝日を浴びている大門の下で、清吉が待っている。

「おはよう」

七十郎は声をかけた。

「おはようございます」

七十郎は、昨日、清吉とわかれたあとのことを話した。

「ああ、そうだったんですかい。久岡さまたちとお会いに」

七十郎はその上で、今日はどうするかを説明した。

「わかりました。玄助たちを捜しだせばいいんですね」

「そうだ。若侍のほうは、久岡さんたちがやってくれるゆえな」

「でも旦那、いいですねえ」

清吉がしみじみいう。

「なにが」

「あまり大きな声ではいえませんが、ふつう、番所と徒目付って仲が悪いものと相場が決まっているじゃないですか。それなのに、こうしてうまく力を合わせてやれるなんていうのは、いいことだなあ、と思っちまうんですよ。これは旦那の人徳でしょうねえ」

「人徳だと。そんなのは関係ないさ。久岡さんも山内さんも、むろん俺たちもだが、事件を解決に導きたい、その思いの強さが一緒なんだ。それだけだ」

七十郎は歩きはじめた。清吉がうしろにつく。

「旦那、どこか目当てはあるんですかい」

「いや、ないが、とりあえず柳松寺にもう一度行ってみようと思っている」

「どうしてですかい」

「自分でもよくわからぬが、あそこに行けばなにか思いつくような気がする」

「なるほど」

南町奉行所からおよそ一刻ほどかかって、巣鴨村に着いた。

柳松寺の境内だった場所に足を踏み入れる。

七十郎は、うなりをあげる風が吹き荒れるなか、じっとたたずんだ。

「旦那、なにか思いつきましたか」

七十郎は苦笑した。

「どうやら勘ちがいだったようだ」

「そんなことはありませんよ」

清吉が力んでいう。

「あっしは旦那の勘、信じてますぜ。ここまでやってきたのは、きっとなにか意味があるに決まってますよ」

七十郎は、その通りだな、と思うことにした。

ここには、住職の浄隠と寺男の五助が二人で住んでいた。勘兵衛の推測では、五助が玄助たちと同じ村の出だった、ということだ。

五助はこの寺で働きはじめ、他の四人は別のところに世話になった。

待てよ、と七十郎は気づいた。それは浄隠が手をまわしたからではないのか。

玄助たちの仲間である夏吉と竹次の二人。その二人はどこで世話になっていたのか。

あの小石川橋戸町の家だ。確か勘兵衛の話では、薬種屋をしていた亭主の七右衛門という男が死に、お都久という女房が泣く泣く家を手放すことになったということだ。

七右衛門の家に、夏吉たちを紹介したのは浄隠ではないか。勘兵衛たちが玄助たちの行方を追ってお都久を訪ねたときは、まだ夏吉たちの存在がわかっていなかった。だから、お都久にきいているはずもない。

「なにか考えついた顔ですね」

「うん、清吉のおかげだ」

七十郎は足取り軽く歩きだした。

お都久は在宅していた。

「ええ、うちに夏吉ちゃんと竹次ちゃん、いましたよ。二人ともいい子でしたよ。夏吉ちゃんはちょっと気が強いけど面倒見のいい性格で、竹次ちゃんはとにかくみんなにやさしくて」

お都久の目にはなつかしさが一杯だ。ふと表情が陰る。

「あの二人、どうかしたんですか。元気にしているんじゃないんですか」

「あの二人、誰の紹介でここに来たんだ」

「それは……」

夏吉と竹次がつかまることを怖れている顔だ。

「俺たちは二人をとらえようとしているわけではない。どういうことなのか今はまだいえんが、信じてもらえぬか」

「はい、わかりました」

お都久はつぶやくようにいった。

「柳松寺というお寺のご住職です」

やはりそうか。

「浄隠和尚だな」

「ご存じだったのですか」

「火事で亡くなったことも知っている」

「さようでしたか」

お都久が何度も首を上下させる。

七十郎は咳払いした。

「夏吉と竹次の行方を知っているか」

「はい、どこに引き取られたかは存じています。ただ、そこに今いるかまでは正直わかりません」

七十郎は清吉を連れて東に向かった。まっすぐ行ければもっと近いが、途中、寺社地や武家屋敷で次々に道が寸断されるようになる。そのたびに北へ行ったり南にくだったりしなければならない。

まっすぐ線を引けばおそらく半里（約二キロメートル）ほどでしかないはずだが、実際に歩いた距離はその倍近くになるだろう。

七十郎が清吉とともに足をとめたのは、根津門前町《ねづもんぜんまち》だ。

この町は根津権現社《ごんげんのやしろ》の南側に広がっている。根津権現といえば、つつじで有名だ。なにしろ、つつじヶ岡と呼ばれているくらいなのだ。

水がいいことでも知られている。境内に清水がわいているのだ。

関東にやってきた日本武尊《やまとたけるのみこと》が最初は千駄木《せんだぎ》に創建した社だが、五代将軍綱吉《つなよし》のとき、この地に移された。

根津権現の前は相変わらずの人出だ。土産《みやげ》物屋や食い物屋が軒を並べ、売り声もすさまじい。

夏吉、竹次が世話になった家は根津門前町ではなく、その南側にある根津宮永町《みやながちょう》のほうにある。正確にいえば、その隣町の池之端七軒町横町《いけのはたしちけんちょうよこちょう》だ。

この町に兼川院《けんせんいん》という、こぢんまりとした寺がございます、とお都久はいっていた。

その寺の南側の町屋とのことだ。だが、そこに町屋などなく、武家屋敷が建っていた。

「おかしいな。この寺のことではないのかな」

七十郎は確認のために山門を見つめた。

ひらいている山門にいかめしさは一切なく、境内の幅は十間ほど、奥行きは二十間(約三十六メートル)くらいしかない。小さな鐘楼に大寺の離れくらいにしか見えない本堂、庫裏が建っている。

「旦那、ちがうみたいですね」

清吉は山門の扁額に目を当てている。

「ああ。仙唱院《せんしょういん》か……」

七十郎はまわりを見渡した。しかし、この寺以外にそれらしいこぢんまりとした寺は見当たらない。

境内を掃いている僧侶がいた。

七十郎は声をかけ、外に出てきてもらった。町方だから境内に足を踏み入れられないのは不便この上ないが、決まりだから仕方ない。

「なんですかな」

「あっ、あなたは」

七十郎は思わず声をあげた。

「四ッ谷門で、かたりの男にお金を貸そうとしていたお坊さんですね」

えっ、と僧侶が驚きの声をあげる。

「ああ、あのときのお役人」

僧侶が山門を出てきた。

「これはまた偶然ですね。お役人は、こちらをめぐっているのですか」

「いえ、ちがいます。今日はたまたまこちらにまいりました」

「お調べかなにかですか」

「ええ、そうです」

僧侶の顔に好奇の色が宿る。

「このあたりに兼川院というお寺はありませんか」

「ここがそうでした」

僧侶があっさりいう。

「こちらが」

「ええ、ご住職が亡くなり、拙僧が入ることになったのですが、その際、名も変えることになったのです」

「そうだったのですか。あの、お寺の南側は町屋ではないのですか」

「そうきいていますね。でもその家一軒しかなくて、結局、そちらの武家屋敷に取りこまれる形になったようです」

「建物はあるのですか」

「いえ、もうないんでしょう。町屋に住んでいた方が移っていき、あとをこちらのお武家が買い取ったそうですから。もう二年くらい前の話ですね」

「そうですか」

江戸の町は生きている。刻々と形を変えているのだ。

「こちらの町屋に住んでいた方を捜しているのですか」

「ええ、そうです。ご存じですか」

「前は、みなしごや親に捨てられた子供たちを集めて世話をしていたようです。もっと広いところでやりたいということで、移っていかれたんですけどね」

僧侶は、引っ越した町がどこか知っていた。

七十郎はその町の名を脳裏に刻みこむようにして、歩きだした。

そんなに遠くはない。根津宮永町から北へ藍染川《あいぞめがわ》沿いに進む。

下駒込村をすぎ、田端《たばた》村に出る。

「このあたりなんだが」

七十郎は足をとめ、見渡した。あたりは田畑に囲まれた風景になっている。

右手に大きく見えている武家屋敷は、秋田で二十万石余を領している佐竹《さたけ》家の抱屋《かかえ》
敷だろう。左側の武家屋敷は、安房勝山《あわかつやま》一万二千石の酒井《さかい》家の抱屋敷のはずだ。

田畑のほかには、百姓家が散見できる。行きかう百姓も多く、七十郎はそのうちの一
人にきいた。

「このあたりにみなしごたちを世話している実乃助《みのすけ》という者がいるはずなんだが」

「ああ、実乃助さんですか」

「知っているのか」

「ええ。でも二年くらい前に亡くなりましたよ。風邪をこじらせてあっけなく」

「そうなのか。子供たちはどうした」

「実乃助さん一人で面倒を見ていましたから、散り散りになりましたよ。大きな子は自

分で奉公先を探してきたりしていましたけれど、小さな子はどうしましたかねえ。あっしたちも力を貸したいと思いましたけれど、こっちも自分たちが食べてゆくのが精一杯なものですから」

またここで切れたか、とさすがに七十郎は暗澹とした。

「家は今もあるのか」

「ありません。古い貸家だったんですけど、大家さんが取り壊しました。なにをつくる気でいるのか、じき畑になるそうですよ」

「そうか」

せめて見ておこうと思い、七十郎は場所をたずねた。

「ああ、あの酒井さまのお屋敷の裏手のほうです。行かれればすぐにわかりますよ」

「ありがとう」

七十郎は清吉とともに向かった。

武家屋敷の裏手だが、意外に日当たりはよく、これなら住み心地はまずまずだったのではないだろうか。さっきの百姓がいったように今は更地になっていて、建物があった痕跡はほとんどない。

「旦那、これからどうします」

そうだな、といって七十郎は考えこんだ。さっきの百姓にきき忘れたことがあるのに思い当たり、道を戻った。

畑の土を鍬《くわ》で掘り起こしていた。

七十郎がまた顔を見せたことで、百姓は少し驚いた。

「どうかされましたか」

「おぬし、大きな子は自分で奉公先を見つけてきたといったが、奉公先を知っているか」

「いえ、存じません」

「そうか」

「申しわけございません」

「いや、いい。忙しいところ、手をとめさせてすまなかった」

七十郎は百姓のそばを離れた。

道をこちらに向かって駆けてくる百姓がいた。七十郎を見ると、あれ、という顔で足をとめた。

「お役人、もういらしてくださったんですかい」

「なんの話だ」

「ああ、ちがうんですか」

「なにかあったのか」

「ええ」

百姓は、七十郎が話をきいたばかりの百姓のことを気にしているようだ。

「参吉《さんきち》さん、つかまえたそうだよ」

「本当かい」

参吉と呼ばれた男が畑から一目散《いちもくさん》にあがってきた。

「つかまえたって、誰を」

「盗っ人ですよ」

百姓が吐き捨てるようにいった。

「ここしばらく、食い物を盗まれていたんです。御番所に届けをだすほどのことではないものですから、こちらで張っていたんですよ。そしたら網にかかったんです。さっき使いを御番所に走らせたばかりだったものですから、それでもういらしたのか、と思っちまったんですよ」

七十郎と清吉は二人の百姓とともに、盗っ人がとらえられた家に走った。

行くと、若い男が薄暗い土間に座らされていた。縄を打たれている。

殴られたのか、右の頬が赤くなっていた。寒いのか、怖いのか、両肩をしきりに震わせている。

首に力が入らないかのように、がくりとうなだれていた。

七十郎は男の前にかがみこんだ。

「おぬし、名は」

おぬし、といわれたことが意外だったのか、男が顔をあげた。

「町方のお役人ですかい」

声はしっかりしていて、七十郎は聡明さを感じ取った。

「見ての通りだ」

「はやいですね」

「たまたまこの村にいたんだ」

「そうなんですか」

「名は」

男が黙りこむ。

「この村の者ではないな。どこから来た」

これも答えない。

「黙っていてはなんの解決にもならぬな。どうして食い物を盗んだ。ひもじいからか。はじめてではないらしいな。どうして盗まなきゃならぬほどひもじいんだ」

逃げているからではないか、と七十郎は思った。どこかにひそんでいてどこにも行けず、それで百姓家から食い物を盗むしかなかった。

この村というのは、もしや偶然ではないのではないか。

七十郎は男をじっと見た。しばらく考える。

「おぬし、竹次か」

「えっ」

驚いて腰をあげそうになった。

「当たったか」

七十郎はほっとした。見つけだしたぞ。

意外なことの成りゆきに、うしろで清吉が口をあけている。

「ほかの二人はどこにいる。玄助に夏吉だったな」

「どうしてそこまで……」

「いろいろ調べたからだ。もう逃げることはない。俺たちが守ってやる。だから二人の居場所をいえ」


三人を奉行所に無事に連れてきた。

三人が隠れていたのは、実乃助の家の近くにある廃寺だった。田端村に土地鑑のある夏吉の案内でひそんでいたのだ。

牢屋《ろうや》ではなく、穿鑿所に三人を入れた。せまいが、三人とも逆らわなかった。

七十郎が握り飯を持っていってやると、三人はがつがつ食った。その食いっぷりは見ていて気持ちいいほどだった。

七十郎はまず玄助を外にだし、話をきいた。

「すみませんでした。あっしら、お役人を殺しちまいました」

玄助がうなだれる。

「まさかあれで死んでしまうなんて、思わなかったんです」

「刺せば死ぬぞ」

「えっ」

玄助はびっくりしている。

「あっしら、刺してなんかいません」

「だが腰村弥兵衛どのは、心の臓を一突きにされて死んでいた」

「あっしら、脅すために確かに刃物は持っていましたけれど、つかっていません」

「その刃物はどこだ」

「川に捨てちまいました」

川をさらって見つけだしたところで、無実の証拠にはならない。

七十郎は、どういうふうに腰村を責めたのか、きいた。

「殴ったり、胸ぐらをつかんだりしました」

玄助の答えはこういうものだった。

「あっしたちは、もともとお役人を殺すつもりなんかなかったんです。誰が五助と浄隠和尚を殺したか、それをききだせればよかったんですから」

必死にいい募る。

七十郎には嘘をついているようには見えない。獄門を逃れるために嘘を厭《いと》わぬ者はこれまでいくらでも見てきたが、そういう者たちとは瞳の輝きがちがうように感じられた。すれていないのだ。

玄助のあと夏吉、竹次の順に話をきいた。

やはり同じことをいった。口裏を合わせているようには思えなかった。

もしこの三人が真実を告げているのなら、腰村を殺した別の下手人がいることになる。

暮れ六つ前に、勘兵衛と修馬が奉行所にやってきた。使者を立てて、三人を見つけたと知らせておいたのだ。

勘兵衛たちに三人に会ってもらった。

修馬は玄助の無事を知って、心からほっとしていた。

「若侍のほうはいかがです」

七十郎は勘兵衛にきいた。

「まだだ」

勘兵衛が、どういうふうに考えて探索をしているかを語った。

「なるほど、寺宝を売ったか……。それで骨董屋を当たっているんですね」

「そうだ」

でしたら、と七十郎は勘兵衛と修馬に力強く請け合った。

「明日から、それがしもお手伝いしますよ」

八

「すまんな、稲葉どの」

修馬が頭を下げる。

「玄助たちを見つけてもらった上、骨董屋まわりまでつき合ってもらって」

「いえ、お二人と一緒に町をまわるのは楽しいですからね」

午前はなんの収穫もなかったが、七十郎と清吉は江戸の町を熟知しており、そのことだけでも驚愕《きようがく》ものだった。

行きどまりではないかと思えるようなせまい路地でも平気で入ってゆくし、その路地を出るとすぐそばに骨董を商っている店がちゃんとあったり、人けのない川沿いの道を行って武家町に入り、静寂にひっそりと包まれた道をさらに進んで、これがいったいどこにつながるのかと思っていると、いきなり喧噪《けんそう》の町地に出て、その片隅に一軒の骨董屋があったりと、とにかく驚きの連続だ。

勘兵衛たちは、ただあとをついてゆくだけになってしまっている。

「勘兵衛、これが町方の実力だな」

「まったくだな。七十郎たちにくらべたら、俺たちなど、まだ江戸で生まれたての赤子みたいなものだ」

「そんなたいそうなものではありませんよ」

七十郎が振り返って笑う。

「でも七十郎、このあたりは縄張ではないんだろう」

勘兵衛たちがいるのは、小石川界隈だ。

「そうなんですけどね、自分の縄張だけ知っていればいいというものではないんで」

「見習の頃から、道に関しては叩きこまれるんですよ」

清吉がつけ加える。

「そうだろうな。人殺しがあって、道がわからぬでは困るものなあ。だが勘兵衛、それでもたいしたものだよなあ」

「まったくだ」

蕎麦切りで昼飯にしたあと、さらに探索は続いた。

昼餉のあとほんの半刻ほどあとにやってきた店は、どこか怪しげな雰囲気を醸しだしていた。裏通りに建っているのも関係しているかもしれない。店の前に岩谷屋《いわたにや》と記された看板が置かれている。

この町はせまく、まわりはほとんどが武家屋敷だ。

「ここはなんという町なんだ」

修馬が七十郎にきく。

「巣鴨御駕籠町《おかごまち》です」

「駕籠かきが住んでいるのか」

「その昔、将軍家の御駕籠の者が組屋敷を拝領した土地です。今も御駕籠の者が稽古する道がありますよ」

「へえ、そこで鍛錬しているのか」

「そういうことです」

七十郎が暖簾を払う。勘兵衛たちも続いた。

店主は若い男だった。この店を継いでそんなにたっていないようだが、骨董に関しては目利きである様子なのが顔つき、目つきから感じられた。

修馬が柳松寺の寺宝の目録の写しを見せる。

「こういう物がこちらにはないか」

よろしいですか、と断って店主が手にした目録に目を落とす。

「ありますね」

あっさりといったから、のけぞるように勘兵衛は驚いた。

「まことか」

修馬が勢いこむ。

「はい。お見せしましょう」

店には、柳松寺の寺宝とまったく一致している物が何点かあった。

備前《びぜん》の皿に壺、清水《きよみず》の皿、勘兵衛の名の知らない絵描きの掛軸が二点。

そんなものだったが、いずれも店に残されていた。目録に記された形や色合い、すべてが一致している。紛れもなく柳松寺の寺宝だ。

「誰が売りに来た」

七十郎が店主にきく。

「お侍です」

「知っている者か」

「いえ」

「売りに来たのはいつだ」

店主が思いだす。

「三年ほど前だと」

「そのあいだ売れなかったのか」

「物自体、それほどいいものではありませんから」

「それなのに買い取ったのか」

「二束三文でいいとお武家がおっしゃるものですから。店の飾りみたいなものですね」

「そのときの覚え書きみたいなものはないのか」

「そのお侍が残してくれるなというような態度をされましたので……」

「おぬし、故買をしているのか」

「滅相もない」

「しかし、その侍が持ってきた物がわけありとわかったのであろうが」

「お武家が持ちこまれる場合、だいたいわけありでございますよ」

そうなのだろうな、と勘兵衛は思った。暮らしに窮している者は少なくない。

「あのお侍を捜していらっしゃるんですか」

七十郎がにらみつける。

「知っている口ぶりだな」

「いえ、名乗りはしませんでしたけど、あのお侍はこの近くのお方ですよ」

「どうしてそういえる」

「何度か、この前の通りでお顔を見かけたことがありますから」

清吉が奉行所に走り、人相書の達者を連れてきた。

店主の覚えは正確で、かなりはっきりした人相書ができた。

「こいつか」

修馬が厳しい眼差しを注ぐ。

「いやな面《つら》、してやがる」

勘兵衛も見た。

目が細く、頬がくぼんでいる。鼻は高いが、鼻筋がないかのように薄い。上唇はふっくらだが、下唇が厚く、前に突きだしている。

「少なくともいい男ではないな」

「よし、勘兵衛、こいつを捜しだせばいいんだな」

「そうだ。だが慎重にやるぞ」

「わかっている」

勘兵衛は七十郎に視線を向けた。

「すまぬな、七十郎。ここまでやってもらったのに」

「いえ、いいんですよ。むしろここまでやれたことで満足です。あとはおまかせしますから、必ずつかまえてください」

七十郎は町方なので、侍に手だしはできない。浪人なら話はちがうが、この人相書の若侍は、岩谷屋の店主の話から明らかにそうではない。

勘兵衛たちは人相書を手に、巣鴨御駕籠町近くをききこんだ。

このあたりにいるのはまちがいないのがわかり、自然、ききこみにも力が入った。

武家屋敷を出入りしている商人を見つけては、人相書を見せた。

ちょうど十人目の商人が、こちらのお侍でしたら、と深くうなずいた。

「存じております」

勘兵衛たちは巣鴨火之番町《ひのばんちょう》にやってきた。

町地のような名だが、あたりに町屋は一切ない。

ここか。勘兵衛はつぶやいた。

目の前に建つのは、旗本前川家の屋敷だ。向かいの大きな屋敷は、三河田原《みかわたはら》で一万二千石を領する三宅《みやけ》家の抱屋敷だ。

前川家はかなりの大身《たいしん》というのがわかっている。当主は前川常右衛門といい、本丸留守居役をつとめているという。

呉服屋の手代の話では、常右衛門は刀槍集めが趣味とのことだ。まさか常右衛門が関与しているのではあるまいか。

修馬が手にしている人相書に描かれた男は、この家の跡継の菊之丞だ。

つまりは、父親の趣味をせがれが受け継いだにすぎないのか。

場所を確認し、勘兵衛は一人、城に戻った。結果を麟蔵に報告する。

「よくやった」

無表情にほめる。

「修馬は張りついているのか」

「はっ」

「よし、勘兵衛、やるぞ」

なにをですか、とはいえない。前川家の家捜しのことだろう。柳松寺に蔵《ぞう》されていた名槍を捜しだすことができれば、それは紛れもない証拠になる。

「しばし待て」

麟蔵が立ちあがり、詰所を出ていった。

四半刻ほどで戻ってきた。

なにをしに行っていたのか、勘兵衛は問わない。想像はつく。

「勘兵衛、まいるぞ」

麟蔵は詰所にいた数名の配下にも、一緒に来るように命じた。

このあたりは、と勘兵衛は思った。さすがとしかいいようがない。こういう果断さは見習いたい。

六人の小者を入れて総勢で十二人は、暗くなりつつある道を急いだ。

先導しているのは勘兵衛だ。


「待たせた」

麟蔵が修馬にいう。

「いえ」

「動きはあったか」

「いえ、なにも。出入りした者は、一人もおりませぬ」

「菊之丞はいそうか」

「わかりませぬ」

「よかろう」

麟蔵が屋敷の前に立った。

当主の常右衛門は非番で、屋敷にいた。

「なにごとか」

驚愕をあらわにしたものの、すぐにどういうことかと強硬に抗議してきた。

「これをご覧になってください」

麟蔵が一枚の紙を見せつける。目付の崎山《さきやま》伯耆守《ほうきのかみ》の名が記された家捜しの許し状だ。

「どうして御目付が……」

麟蔵が冷たく見る。

「ご存じなのではないかな」

眼差しを移し、勘兵衛を見た。勘兵衛は前に出て、常右衛門にただした。

「ご子息の菊之丞どのはいずれに」

「部屋におろう」

「どちらです」

常右衛門がため息をつく。

「あちらだ。廊下の突き当たりよ」

指さしたほうに勘兵衛と修馬は向かった。ほかの者たちに名槍捜しを命じた麟蔵がついてきた。

「ここだな」

勘兵衛は足をとめていった。

襖は閉めきられている。

勘兵衛はなかの気配を嗅いだ。

「いるか」

「はい」

人の気配は濃厚にしている。殺気も感じ取れた。

「あけるぞ」

勘兵衛は声をかけ、襖を横に滑らせた。

男が正座していた。刀を自らの左に置いている。いつでも手にできる姿勢だ。

「なに用ですかな」

やや甲高さを帯びた声だ。人相書そのものの男だった。

「前川菊之丞どのですな」

「いかにも」

尊大に答えた。

「我らは徒目付にござる。名槍を捜しにまいった」

「――勘兵衛」

うしろから麟蔵の声がした。麟蔵が顎をしゃくった。

右手の壁に槍がかけられている。

「見せてもらいますぞ」

静かにいって、勘兵衛は槍に手をのばそうとした。

「さわるなっ」

いきなり菊之丞が怒号した。

勘兵衛は無視し、手にした。麟蔵に見せる。

「まちがいありませぬ。柳松寺の槍です」

「ちがう。それは俺のものだ」

菊之丞が立ちあがった。刀を手にしている。血で洗ったかのように目が赤くなっている。乱心者の目つきだ。

「いや、柳松寺のものだ。この柄についている二つの傷が、目録に残された説明とまったく一致している」

「偶然だ」

「では、このこげ跡はなんだ」

勘兵衛は槍を持ちあげ、菊之丞に見せた。

「これだ」

石突《いしづき》のすぐそばにこげがあるのだ。

「知らぬ。買ったときからあった」

「ちがう。これは煙草《たばこ》好きだった浄隠和尚が不注意でつけてしまったこげ跡だ。それも説明されている」

「そいつもたまたまだ」

勘兵衛は慣れた手つきで、柄から穂先をはずした。

「おい、勝手なことをするな」

菊之丞が吠えたが、勘兵衛は黙殺した。

銘には越中守平兼道とある。その下に大龍と彫られている。

「この刀匠は鎌倉の頃に生まれた人で、刀のほうでよく知られているんだ。おぬしに説明する必要はないかもしれぬが、生涯でこしらえた槍はただ二本、と伝わっているそうだな。一本はさる譜代《ふだい》の大名家が所蔵している。もう一本が柳松寺にあった。だが、それは火事で燃えてしまったはずだ。それがどうしてかここにある。さっき買ったとかいったが」

「本当に買ったんだ」

「誰から」

「古物商だ」

「懇意にしている者か」

「そうでもない」

「いつのことだ」

「三年ほど前だ」

「どこの古物商だ」

「行商人だ」

「この槍を持って売りに来たのか」

「そうだ」

「誰がそのとき、おぬしに取り次いだ」

「覚えておらぬ。いや、あれは渡り中間だ。とうに屋敷はやめている」

「いくらで買った」

「忘れた。安くはなかったと思う」

「父上にねだったのか」

「父は関係ない」

「しかしおぬしはまだ家督を継いでおらぬ。これだけの槍を買えるほどの金はないはずだが」

「そのときはあったんだ」

「どうやって金を」

「子供の頃から貯めていたんだ」

「それなら、いくらで買ったか、わかるのではないか」

「ああ、そういえば五十両だった」

「そいつは安い。兼道がそんなに安いとは、おかしいとは思わなかったのか」

「古物商が本当の価値を知らなかったんだ」

勘兵衛はにやりとした。

「本当の価値を知らぬのはおぬしのほうだ」

菊之丞が目を鋭くする。

「なにをいっている」

「この槍にもしそんなにだしたのなら、ちゃんちゃらおかしいということだ」

「なんだと」

「もう見当はついただろう。こいつは贋作《がんさく》ということさ」

「たわけたことを」

「証拠を見せようか」

「証拠だと」

勘兵衛は穂先を突きだした。

「よく見てみろ、この大龍の大と彫られた字だ」

菊之丞が見つめる。

「これがどうした」

「本物はな、大ではなく太、と彫られているんだ。嘘だと思うか。俺はもう一本を所蔵している大名家を訪問し、見せてもらった。確かに太になっていた」

「嘘だ」

「本当さ。浄隠和尚の残した目録にも、同じことが書いてある。見ろ」

勘兵衛は懐からだした一枚の紙を広げ、菊之丞に見せた。

「古ぼけているが、よく見ろ」

そこには槍の図が描かれ、太龍になっていた。

「おぬしは、つまり偽物をつかまされたというわけだ。俺はおぬしが古物商から買ったなどというのは信じてはおらぬ。浄隠和尚は用心して、偽物を用意してあったというわけだ。本物は残念ながら火事で焼けてしまったんだろう。誰が火を放ったかは知らんが」

菊之丞は呆然としていたが、ぎりと唇を嚙んだ。一筋の血がたらりと流れる。

「あの和尚……この俺をたばかったのか。もう一度殺してやる」

勘兵衛は冷ややかに見つめた。

「やっと認めたか」

菊之丞がはっとする。

「なんの話だ」

「和尚をもう一度殺す、といったな」

「いってない」

「いや、いった」

これは麟蔵だ。ずいと前に出てきた。

「わしは耳がとてつもなくよくてな、今の言葉をききたがえるはずもない。まちがいなく、もう一度殺す、といった」

「そんな言葉が証拠になるか」

「続きは城できいてやる」

麟蔵が凜《りん》とした声で宣する。

「前川菊之丞、浄隠和尚殺害の罪でとらえる。——勘兵衛、修馬、縄を打て」

「はっ」

修馬が捕縄《とりなわ》を取りだし、菊之丞に近寄ろうとした。

勘兵衛は制した。

「修馬、下がってろ。この男、刃向かう気だ。お頭もお願いします」

二人は廊下まで出た。

「あんた、やはりできるな」

菊之丞がすらりと刀を抜いた。

「そんなでかい頭をしているから、たいしたことはないと思っていたが」

「刀を捨てろ」

「捨てるわけがない」

菊之丞は腰を沈め、膝をかすかに曲げた低い姿勢を取っている。

「なあ、本当にその槍、偽物なのか」

細い目をさらに細めてきいてきた。

「いや、本物だ」

勘兵衛はあっさりといった。

「おぬしに見せた、槍の目録はな、今朝、俺が書いたものだ。紙を古く見せかける方法は、お頭に教えてもらった」

「そんなことだろうと思ったぜ」

菊之丞が負け惜しみのようにいった。

「まあ、こうなっちまった以上、しようがないな。行くぞ」

菊之丞が斬りかかってきた。やや浅い角度の袈裟斬りだ。

勘兵衛は槍の穂先を叩き捨てるや、長脇差を抜き放ち、応じた。

鉄《かね》のぶつかり合う音が室内に響き渡る。

音の割に、勘兵衛はしかし手応えを感じなかった。

なんだ。少し戸惑った。

かまわず菊之丞が刀を振る。今度は胴を狙っていた。

これも勘兵衛は受けたが、またも手応えがない。

なんだ、これは。

菊之丞が下から刀をすくいあげる。勘兵衛は打ち返した。

しかしなにも手応えがないために、長脇差が前に流れた。姿勢がかすかに崩れ、隙ができたのがわかった。

まずい。菊之丞が見逃さず、刀を打ちこんできた。勘兵衛は体をひねり、なんとか弾き返した。

だがまたも手応えはない。打ち合っているはずなのに、長脇差がすり抜けてしまう感じだ。

なんだ、この剣は。

勘兵衛は、まるでこんにゃくの刀を相手にしているとしか思えなくなった。だが、長脇差と刀が打ち合うと鉄の鳴る音が必ずするのだから、菊之丞の持つ刀は紛れもなく鉄でできている。

妙な剣を遣う。

だが勘兵衛としてはどうすればいい、というのは思いつかない。

今のところは体勢を崩されるだけだ。打ち合わなければなんとかなる。

菊之丞がにやりと笑う。勘兵衛の考えを読んだような顔だ。

勘兵衛は慎重に腰を落とした。この男、まだなにか狙いがある。

菊之丞が袈裟斬りを見舞ってきた。勘兵衛は横に動いて避けた。

すぐに胴へ刀が切りかえされる。勘兵衛はこれもかわした。

また袈裟斬りがきて、よけた途端、胴を狙われた。勘兵衛は受けるしかなかった。

鉄は鳴ったが、またも手応えはなしだ。しかし勘兵衛はあまり力を入れなかったために、体勢を崩しはしなかった。

刀が上段から振るわれる。天井の高さを熟知した振りおろしだ。

勘兵衛はうしろに下がろうとした。だがどしん、と背中が当たった。壁だ。

またも長脇差で受けるしかなかった。激しく刃が当たったのが間近で見えたが、勘兵衛の手にそのしびれはやってこない。

なんなんだ、これは。

勘兵衛は反撃に出ようとした。こちらが攻勢に出ればいいのだ。

だが菊之丞はそれを許さなかった。突きがきたのだ。

勘兵衛は長脇差で横に弾いたが、手応えがないせいでまるですり抜けたような錯覚に襲われた。

うおっ、と声が出そうになった。

菊之丞はそれを楽しむ顔つきをしている。次々に突きを見舞ってくる。

勘兵衛は恐怖にとらわれた。本当にはねのけられているのかどうかわからないのが、こんなに怖いとは思わなかった。

これか。勘兵衛は慄然《りつぜん》とした。

目では弾いているのが見え、実際に刀は横にそれてゆくのだが、その手応えが一切伝わらないから、次の瞬間、心の臓に突き立つような気持ちになるのだ。

たまらない恐怖だ。息苦しくなってきた。

菊之丞の突きの攻撃はやまない。それどころか、さらに鋭くなってきている。

勘兵衛は壁のせいであとじさることもできず、横へ動くこともできない。

しかも長脇差より菊之丞の刀のほうが長いために、勘兵衛が長脇差を突きだそうとしても、届かない。

その距離を菊之丞は知り尽くしていた。

どうする。もともと突きというのは大技だが、菊之丞はまるで匕首のようにすばやく突きだしてくる。

このままではいずれ突き殺される。勘兵衛は我慢できず、突きをかいくぐろうとした。

だが、菊之丞の狙いはそれだったようだ。すっと一歩下がるや、勘兵衛の顔めがけて刀を落としてきたのだ。

まずい。勘兵衛は長脇差で避けるのはあきらめ、体を前に投げだした。

ごろりと畳を転がる。

避けきったのか。少なくとも、体に痛みはない。

なにか光る物が目の端に入る。

勘兵衛は槍の穂先をつかんだ。手が切れたのがわかったが、かまわず菊之丞に投げつけた。

菊之丞が弾く。槍の穂先が襖を突き破ってゆく。勘兵衛はその前に菊之丞めがけて突っこんでいた。

今しかなかった。菊之丞があわてて刀を引き戻し、斬撃を浴びせてきた。

だが焦りのせいで、先ほどまでの鋭さはなかった。勘兵衛は長脇差を横に振るった。

木刀で藁束《わらたば》を打ったような手応えがあった。もともと長脇差は刃引きだから、肉を斬るようなことはない。

菊之丞が苦しげに体をよじる。刀を振りあげ、なおも勘兵衛に刀を向けようとする姿勢を見せた。

勘兵衛は容赦なく肩を打ち据えた。

骨が砕けたかもしれない。水がこぼれるように刀が手のあいだから滑り落ちた。がくりと両膝を畳につき、右手で左肩を押さえた。

「痛えよ」

菊之丞が涙を流しはじめた。

「痛え。なんとかしてくれよ。痛えよ」

汗を手の甲でふいた勘兵衛は刀を蹴り飛ばし、背後を振り返った。そうすることもつらいほど、疲れきっている。

「修馬、縄を打ってくれ」

九

本堂から経が流れてくる。

夕方のお勤めだ。

なかなかいい声をしている。

庫裏には誰もいない。忍びこんだ菊之丞は奥の間で、名槍を手にした。

つい先日、目にしたとき以上に光り輝いて見える。

あまりのすばらしさに目を奪われ、読経がきこえなくなったのに気づかなかった。

「どなたかな」

はっとして見た。

濡縁に立った住職が菊之丞を見て、戸惑った顔をしている。

その顔が引き締められた。

「そなた、この前の若い方だな。なにをしているのかな」

「なにも」

菊之丞は落ち着いて答えた。

「なにも、ということはあるまい」

「槍を見せてもらっている」

「拙僧のいないあいだにかな」

住職が目を凝らす。

「いただきに来たんでね」

「なに」

驚きの声を無視し、腰の刀を抜き放った菊之丞は一刀のもとに住職を斬り捨てた。住職は悲鳴一つあげずに畳に倒れこんだ。

袈裟がきれいに斬れている。

これが本当の袈裟懸けというやつだな。菊之丞は満足し、くぼんだ頬にひきつるような笑みを浮かべた。

うっ、とうめきのような声をきいた気がした。勘ちがいではない。漏れそうになった悲鳴を口でとどめたような感じだ。

すばやく目を走らせると、濡縁のそばの灯籠の陰に男が一人、立ちすくんでいた。寺男のようだ。

目が合うや、寺男が身をひるがえし、走りだした。

畳を蹴って菊之丞は駆けた。

寺男は女のような悲鳴をあげて逃げたが、菊之丞のほうが足がはやかった。

枝折戸の手前で追いついた。

やめてください。お願いします。殺さないでください。寺男が懇願する。

きき届けるつもりなどない。菊之丞は無造作に刀を振った。

寺男も、住職と同じように無言で倒れた。

このままにはしておけず、血を流し続けている寺男をずるずると引っぱってゆき、住職の死骸の横に置いた。

寺男を引きずったあとには、おびただしい血が残っていた。

菊之丞は雑巾《ぞうきん》を探し、それらをいちいちていねいにふいた。

それらしい痕跡がほぼ消えたのを見届けてから、菊之丞は庫裏に火を放った。

火が大きくなる前に庫裏を物色し、いくつかのお宝を風呂敷に包みこんだ。

風呂敷包みを背中に担ぎ、槍を手にした菊之丞は境内の裏口からさっさと逃げだした。

この火事のことを合わせ、せがれのいくつかの不始末をもみ消してもらった前川常右衛門は、毎年、腰村弥兵衛に百両の金を渡していた。

これは別に脅されてのものではなく、これからも息子のことをよろしく頼むという金だった。

殺された夜というのは、腰村にとってその年に一度のときだった。うまい酒をたらふく飲み、懐には百両の金。上機嫌だった。

そこを玄助たちが襲ったのだ。

しかし、腰村はなにも吐かなかった。前川家のことに関して、だんまりを決めこんだのだ。

なにも得られなかった玄助たちがその場に腰村を置き去りにして引きあげるのを見ていたのは、菊之丞だった。

菊之丞は、腰村から百両を奪うためにつけていたのだ。いや、百両は関係なかったのかもしれない。

自分が手ごめにしそこねた女を、腰村が妾にしているときいた。面目を潰された気がして、許せなかった。

この機会を逃すわけにはいかず、一突きで腰村を殺し、菊之丞は玄助たちのあとをつけた。

三年前の柳松寺の一件をこれ以上調べられるのはうっとうしかったので、玄助たちを殺そうとしたが、一人しか殺れなかった。

いずれ菊之丞は斬罪になる。これはまちがいない。切腹にはならない。それは菊之丞のような男には許されない。

菊之丞に女房を手ごめにされ、そのことで腰村殺しの疑いをかけられていた末五郎は解き放ちになった。

竹次、玄助、夏吉は敲《たた》きの上、所払《ところばらい》に決まった。

村に帰ります、と三人とも口をそろえた。今度は決して村を離れません。

こういうことだ、と勘兵衛はいった。

みんなで楽松で飲んでいる。

「ふーん、でもよかったですね」

七十郎がうれしそうにいった。清吉も横でうなずいている。すでに赤い顔だ。

「でも、こたびのことでは、稲葉さまの働きがすばらしかったとききました」

早苗が喉を鳴らして酒を飲んだ。豪快な飲みっぷりだ。大食らいなだけでなく、酒にも強いのだ。このままの勢いなら、楽松の酒すべてを飲みほしてしまうだろう。

「お嬢さま、大丈夫ですか」

安由美が早苗の袖を引く。

「なにがですか」

「そんなに飲まれて」

「そんなにって、まだ一升も飲んでいないでしょう」

「いえ、もうそのくらいはいったのではないかと思いますけど」

「あと九升は飲めます。大丈夫です」

九升、と勘兵衛は思った。斗酒《としゅ》を飲もうというのか。

さすがに修馬も驚きを隠せない。

「冗談ではないのですか」

勘兵衛と修馬の顔を見て、七十郎がきく。

「おそらく」

勘兵衛は短く答えた。

「そいつはすごい……」

「稲葉さまはどのくらい飲まれるのですか」

「それがしは、そんなにには飲めませせぬ。せいぜい二、三合ほどでしょう」

「まあ、お体が悪いのですか」

「そうではなく、仕事のことを考えますと、どうしてもそのくらいに」

早苗の目はとろんとしている。少しは酔っているように見える。ただ、美音という美しい妻を持つ勘兵衛の目から見ても、そういう早苗はまぶしいくらいだ。とてもではないが、直視できない。

「稲葉さまは、仕事熱心なんですね」

「熱心というより、好きなんですよ」

「まあ、それはなによりです。男は仕事が一番ですから」

「早苗どのはそう思われますか」

「ええ、仕事ができる人が一番すばらしいと思っています」

修馬がおもしろくない顔をしている。

「それがしも仕事は好きですよ」

「さようですか」

一瞬、早苗は修馬を見たが、すぐに七十郎を見つめた。

「稲葉さま、いえ、七十郎さまは、許嫁はいらっしゃるのですか」

「いえ、そのような者はおりませぬ」

「でしたら、私を……」

「えっ、まことですか」

七十郎が喜色を浮かべる。修馬は血相を変えていた。

楽松をあとにした勘兵衛は一緒に帰ってきた修馬とわかれ、屋敷のそばまで戻ってきた。

修馬は勘兵衛に確かめる口調できいてきた。早苗どの、本当に心変わりする気じゃないよな。

そればかりはなんともいえない。女心など、勘兵衛にはわかりはしないのだ。

それにしても、体の節々が痛い。風邪を引いたときのように熱を持っている。提灯を持つ手も、なんとなく定まらない。

わずかに酔っているせいもあるが、この前の菊之丞との激闘のせいだ。

しかし、今思い返しても妙な剣だった。槍の穂先がなかったら、おそらく殺られていただろう。

いったいあの男はどこであんな剣を習ったのか。

教える道場があるのだろうか。

あるのだろう。あの男にそれだけの工夫ができるとは思えない。

屋敷の前に着いた。

屋敷のなかの者に声をかけようとして、勘兵衛はとどまった。
何者かがどこからか見つめている。
いやな眼差しだ。ねっとりとしている。
もしや、これが美音のいっていた眼差しか。
勘兵衛は静かに息をし、左手で長脇差の鯉口を切った。
どこから見ているのか。向かいの屋敷の壁のそばだ。
勘兵衛はすっと体をひるがえし、眼差しの主のもとに走った。
壁に向けて提灯を突きつけるようにした。
しかし誰もいない。
勘ちがいとは思わなかった。
ここにいた何者かは、いちはやく姿を消してみせたのだ。
相当の手練であるのが知れた。
何者だ。
その答えが出るはずもなく、勘兵衛はその場に立ち尽くすしかなかった。

二〇〇七年一月　ハルキ文庫（角川春樹事務所）刊

光文社文庫

長編時代小説
定廻《じょうまわ》り殺《ごろ》し　徒《かち》目《め》付《つけ》勘《かん》兵《べ》衛《え》
著　者　鈴《すず》木《き》英《えい》治《じ》

2025年3月20日　初版1刷発行

発行者　三宅貴久
印　刷　堀内印刷
製　本　フォーネット社

発行所　株式会社　光文社
〒112-8011　東京都文京区音羽1-16-6
電話（03）5395-8147　編集部
8116　書籍販売部
8125　制作部

ISBN978-4-334-10581-5　Printed in Japan

組版　萩原印刷